Die Texte in diesem Buch ändern ständig ihr Tempo, so wie wir selbst, so wie die Welt um uns herum, täglich, dauernd, absichtlich oder unfreiwillig.

»Tempoänderungen« enthält hunderte extravagante Miniaturen über zeitgenössische Phänomene, fragmentierte Betrachtungen über die Fragwürdigkeit von Wirklichkeit, freischwebende Textmoleküle in Hülle und Fülle, groteske Short Stories sowie Gedichte mit Titeln wie »Niedergeschlagenheit in Zeiten der Hochkonjunktur«, »Der Spaß der Sprache der Straße« oder den Dreizeiler »Sinken«: »Was wir kaum bedenken: / Wir können immer sinken. / Bei wem uns nur bedanken?«

*Markus Binder* ist Musiker und Autor, Schlagzeuger und Texter des oberösterreichischen Slangpunk-Country-Fiction-Duos Attwenger. Bislang zwölf Alben sowie mehr als neunhundert Auftritte in zwanzig Ländern. 2001 veröffentlichte er auf Disko B das Solo-ElektronikAlbum »photos 01«. 2005 erschien im Verbrecher Verlag sein Erzählband »Testsiegerstraße«, 2017 der Splitterroman »Teilzeitrevue«. Markus Binder ist Vater von drei Kindern. Er lebt in Wien und Linz.
Website: markusbinder.space

**Markus Binder**

# TEMPOÄNDERUNGEN

VERBRECHER VERLAG

Erste Auflage
Verbrecher Verlag Berlin 2023
www.verbrecherei.de

© Verbrecher Verlag 2023
Einbandillustration: fernbedienen.com
Satz: Christian Walter
Druck: CPI Clausen & Bosse, Leck

ISBN 978-3-95732-533-4

Printed in Germany

Der Verlag dankt Lena Bayer,
Lukas Siebeneicker und Leni Teetz.

Igen en bok

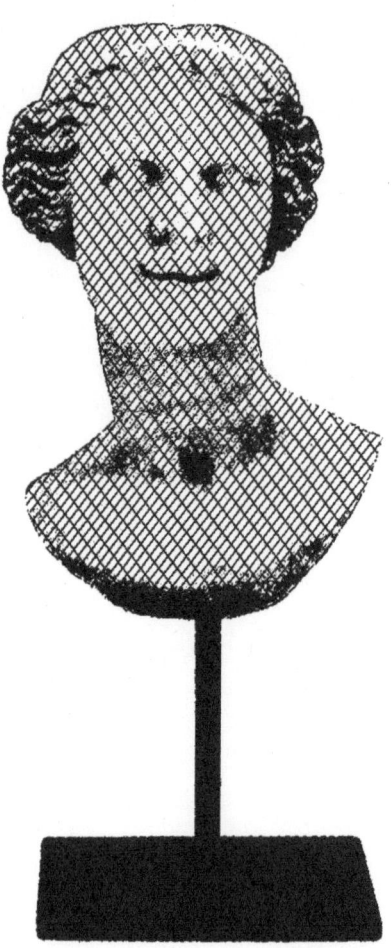

# ARTEN VON LÄCHELN

*Viele Korallen bilden ein Riff*
Enis Maci, »Eiscafé Europa«

## REGELMÄSSIGKEIT

Die Muster, Strukturen und Farben auf den Vorhängen dieser Welt vermittelten eine beruhigende Regelmäßigkeit, die sich in den von ihnen verdunkelten Räumen kaum jemals finden ließ.

## WOK

Ich steh vor meinem Wok
Im einhundertsten Stock
Betrachte einen Kern
Und wüsste allzu gern
Was ist eigentlich los
Bei euch im Erdgeschoß

## ARTEN VON LÄCHELN

Das sogenannte aufgesetzte Lächeln, das Einen-schönen-Tag-noch-Lächeln, das Freut-mich-dass-wir-uns-sehen-Lächeln wird von einem völlig anderen Satz Gesichtsmuskeln aktiviert als das spontane Lächeln, das vom unbewussten Teil des Gehirns ausgelöst wird und gleichmäßiger und langsamer verblasst als das willentlich abgerufene, das genauso schnell wieder verschwindet, wie es aktiviert wurde.

## ARTEN VON LEUTEN

Die einen lassen die Aufkleber mit den Barcodes auf den Feuerzeugen einfach kleben. Die anderen beginnen, sobald sie ein Feuerzeug in die Hand bekommen, an den besagten Aufklebern zu rubbeln, bis sich diese vom Feuerzeug lösen. Dann ziehen sie sie runter, knüllen sie zusammen und werfen sie weg.


## LICHT TAGSÜBER

Die wichtige Person, in der Öffentlichkeit dafür bekannt, über alles genau Bescheid zu wissen, sie sagte: Diese Literatur, die ihr da schreibt, die fällt ja überhaupt nicht auf. Das ist so, wie wenn tagsüber das Licht eingeschaltet ist. Merkt niemand. Da wurde das Licht ausgeschaltet und es war finster.


## MIT VERGNÜGEN

Dilettantisch kommt vom italienischen dilettare und bedeutet, einer Tätigkeit mit Vergnügen nachzugehen. Die professionell Ehrgeizigen aber, die sich damit brüsten, ihr Ding fachkundig zu beherrschen, haben das Dilettantische zu Unrecht diffamiert und ihm ein negatives Image verpasst. Das war gemein. Und geschah aus purem Neid.

## MINUS DIESE

Worte gibt es zu Genüge
Um nicht noch mehr hinzuzufügen

Zum allgemeinen Papperlapapp
Ziehen wir die hier einfach ab

Es gibt deswegen keine Krise
Denn alle Worte bleiben übrig

Alle Worte
Minus diese


## BOJEN

In unterschiedlichen Farben und Formen schaukelten die
Bojen vergnügt auf der Wasseroberfläche, bewegten sich
dabei aber nicht von der Stelle. Mit langen, vom Ufer aus
nicht sichtbaren Leinen wurden sie am Grund des Gewässers
festgehalten.


## SINKEN

Was wir kaum bedenken:
Wir können immer sinken.
Bei wem uns nur bedanken?

## DURCHGESCANNT

Frage während des Wartens auf den Security-Check: Wie soll eine komplett durchgescannte Gesellschaft eine Änderung der herrschenden Verhältnisse zustande bringen?

## ANGEFÜLLT

Die Leute von der Security kontrollierten täglich tausende Körper, Taschen, Schuhe, Maschen. Ihre Köpfe waren angefüllt mit Zahnbürsten, Hemden, Unterhosen, Brillen, Büchern, Parfums, Ladegeräten und sonstigem Quatsch. Warum wurde so viel gebraucht? Nach Beendigung ihrer Arbeit gingen sie nach Hause, stellten ihre Fernsehgeräte an und bildeten sich ein, sie würden einige der Passagiere, die sie vor deren Abreise kontrolliert hatten, an ihren jeweiligen Ankunftsorten ihren jeweiligen Tätigkeiten nachgehen sehen. Interessierte sie alles nicht.

## WELTWEIT

Globale Welthits wie Pokerface von Lady Gaga, gespielt auf 1729 Radiostationen gleichzeitig, in Vietnam genauso wie in Ungarn und Uruguay und überall und massenhaft saßen Textschreiberinnen bei ihren Texten und dachten berechtigterweise: Mein Text ist besser, aber nur 50 Leute haben ihn gehört. Also eigentlich waren es nur 5, weltweit.

## BEMÜHT

Von Ost bis West
Von Nord bis Süd
Wir haben uns
Extrem bemüht
Gedacht geplant
Gemacht beschützt
Doch es hat alles
Nichts genützt


## DIE UNERHÖRTEN AN DIE ACHTLOSEN

Nur weil ihr euch nicht für uns interessiert, heißt das noch lange nicht, dass wir uninteressant sind. Nur weil ihr uns nicht versteht, braucht ihr noch lange nicht zu glauben, dass wir unverständlich sind. Nur weil ihr uns nicht zuhört, solltet ihr nicht annehmen, dass es bei uns nichts zu hören gibt. Nur weil wir nicht sind wie ihr, braucht ihr nicht zu denken, dass ihr nicht sein könntet wie wir.

## LORETTA

Loretta lachte darüber
Wie die Männer sich anstrengten
Einen Stollen in den Berg zu graben
Sich dabei verausgabten und
Wegen Überstrapaziertheit
In einen Bewusstseinszustand gerieten
Als wären sie auf Heroin

Was lachte Loretta
Die die Enttäuschung
Die die Männer am anderen Ende des Tunnels erwartete
Mit Händen greifen konnte
Mit Gummihänden
Die sich unendlich in die Länge ziehen ließen
Als wäre sie eine Comicfigur
Umschlang sie den Berg
Und veränderte seine Position in der Landschaft
Die freiwillige Feuerwehr trat in Aktion
Der Katastrophenschutz
Die Regierung

Loretta lachte
Über die große Aufregung
Am Ende des Einsatzes der Männer
Es blieb nur die Erinnerung
Und auf dieser errichteten die Übriggebliebenen
Nester wie Käfer

Die sich an Gerüchen orientierten
Denen sie nachgingen
Die ihnen die Richtung vorgaben
In die sie sich entschlossen bewegten
Völlig überzeugt
Das war das Problem


## SANDKISTE

Wenn so viele das Leben als Kampf sehen, als Abfolge von
Siegen und Niederlagen, wenn sie sich bewaffnen mit emo-
tionalen Geschützen und verschanzen hinter dicken mentalen Verteidigungsanlagen, bleiben sie dumm, haben nichts
verstanden, sind nicht weitergekommen und hängen in der
Sandkiste am Spielplatz fest wie die Zweijährigen. Ihr ganzes
umkämpftes Leben lang.


## SONNE

Wir wollten Schatten.
Aber wohin wir auch gingen:
Überall Sonne.

## DIE AKTIVEN

Die Aktiven haben eine Sandburg gebaut, während die Inaktiven auf ihren Decken gelegen und die Wolken beobachtet haben. Die Aktiven haben Fotos von ihrer Sandburg gemacht, sind mit diesen Fotos herumgelaufen und haben sie allen möglichen Leuten am Strand gezeigt, ohne dabei zu vergessen, in dramatischen Schilderungen den Bauvorgang zu beschreiben und von den Schwierigkeiten zu berichten, die sie zu überwinden hatten, um die Sandburg fertigzustellen. In ihren Augen funkelte der Triumph, ihr gesamter Organismus war aufgeladen von diesem gockelhaften Gefühl namens Stolz. Die Aktiven betrachteten die von ihnen selbst gemachten Fotos des von ihnen selbst geschaffenen Bauwerks mit großer Begeisterung über sich selbst. Den Inaktiven schenkten sie mitleidige Blicke. Die Inaktiven hingegen sahen zu ihnen hinüber und dachten: Bald werdet ihr die ganze Welt zerstört haben.

## INGEBORG BACHMANN

Wären wir in den Zentren der Unterhaltungsindustrie
Eine große Nummer
Wären wir allgemein gut
Würden wir aber nicht die Fingernägel der Society
beschreiben
Sondern den Dreck darunter herauskratzen
Und den Inhalt in die Form eines Kunstwerks bringen

Niemand würde es erfahren
Weil niemand es weitertransportieren würde
Weil es nämlich so formuliert wurde
Dass der Weitertransport nicht lukrativ wäre
Oder wie Ingeborg Bachmann 1942 geschrieben hat:
Sklaverei ertrag ich nicht

## UDO JÜRGENS

Wollten wir uns an etwas aus seinem Leben erinnern, vielleicht würde uns der kuriose Umstand einfallen, dass der Schlagersänger Udo Jürgens im Jahr 1980 für 200 Tage in Deutschland auf Tournee war, sein Hauptwohnsitz zu jener Zeit aber in Österreich lag und deshalb beide Länder den höchsten Steuersatz, den sie hatten, von seinen Einnahmen beanspruchten, was bedeutete, dass ihm bei einem Einkommen von zehn Millionen eine Steuerzahlung von elf Millionen abverlangt wurde, wodurch ein Minus von einer Million entstand und es demnach am besten gewesen wäre, er hätte die ganze Tournee einfach bleiben lassen.

## ARTISTIN ZUHAUSE

Sie erhob sich aus ihrem Sessel, stellte eine Teetasse auf den Küchentisch, legte ein Schneidebrett auf die Teetasse, stellte eine weitere Teetasse mit der Öffnung nach unten auf das Schneidebrett, kletterte auf den Tisch, stellte sich mit ihrem linken Bein auf die obere Teetasse, streckte das rechte Bein waagrecht nach hinten und brachte ihren Rumpf auf dieselbe Ebene, sodass nun ihr ganzer Körper im rechten Winkel zum Standbein lag, verblieb für drei Minuten in dieser Position, stieg auf den Küchentisch, sprang von diesem herunter, zog ihre Schuhe an und ging hinaus.

## BETOBETO

Wenn wir als Kinder durch die Gassen gingen, hörten wir manchmal neben dem Echo unserer eigenen Schritte auch das Echo der Schritte von jemand anderem hinter uns. Hinter uns war aber niemand. Wir waren uns aber sicher, dass da jemand war. Deshalb blieben wir immer wieder urplötzlich stehen, um festzustellen, ob die Person hinter uns nun auch stehenbleiben würde. Und das war jedes Mal der Fall. Und auch wenn wir zurückgingen oder hin und her, wenn wir langsam gingen oder schnell, das Echo der Schritte der Person hinter uns war weiterhin deutlich zu vernehmen. Als wir nach Hause kamen und den Eltern berichteten, dass wir verfolgt worden waren, lachten sie nur und sagten: Uns ist er neulich auch nachgelaufen. Wir fragten: Wer? Sie sagten: Betobeto. Wenn ihr ihn hört, müsst ihr zur Seite treten und sagen: Nach dir, Betobeto.

## DER SPASS DER SPRACHE DER STRASSE

Verstehst du Schwester
Er hat seit vier Jahren nicht mehr gesagt
Dass er die Schnauze voll hat
Wir sprechen hier die Sprache der Straße
Verstehst du
Blau grün grell rot gelb
Das ist hier die Abfolge
Blinken ist der Rhythmus
Seht her geht her
Gebt eure Aufmerksamkeit her

Der Spaß der Sprache der Straße ist der
Dass es deine Sprache ist
Dein Spaß
Auch wenn es nicht deine Straße ist
Blau grün hell rot gelb
Hier ist immer Abwechslung
Hier ist immer Straße
Hier ist immer irgendwo Licht
Und nicht


## WIE KLEINE VÖGEL

Immer wieder erhoben die Köche in den Imbissbuden entlang der Straße während der Arbeit ihre Köpfe und blickten,
so wie kleine Vögel, mit kurzen ruckartigen Bewegungen

neugierig in die Gegend, um sicherzugehen, dass ihnen nichts Wichtiges entgehen würde, falls etwas Wichtiges geschähe. Nachdem wie üblich nichts Wichtiges geschah, wendeten sie sich wieder ihren Kochtöpfen zu und dachten: Obwohl klar ist, dass hier nichts Außergewöhnliches passieren wird, würden wir uns niemals verzeihen, es übersehen zu haben, falls es doch einmal dazu käme. Die kleinen Vögel hingegen hatten dieses Problem nicht. Sie sahen nur Wichtiges.

## AUFGEGESSENE BAUERN

Vor 150 Jahren gehörten 75 % der Bevölkerung dem Bauernstand an, heute sind es nur noch 2 Prozent. Wie es dazu gekommen ist? Sie waren einfach aufgegessen worden. Weil sie so gut geschmeckt haben. Die frische Luft. Die ländlichen Gesichter. Das gute Fleisch. Niemand konnte widerstehen. Keine Ahnung, wer jetzt das Gemüse pflücken soll.

## MONSTER

In der Schachtel ist ein Monster,
Das Menschen frisst und Sachen.
Wie es funktioniert
Steht hinten drauf in zwanzig Sprachen.

## SPEISEKARTEN

Nicht nur die Vorstandsetagen der großen Unternehmen, sondern auch die Speisekarten der kleinsten Restaurants waren männlich dominiert. Warum aber sollten Frauen dasselbe essen wollen wie Männer? Frauen bevorzugten eine andere Ernährung als diese. Den weiblichen Bedürfnissen entgegenkommende Speisekarten hätten völlig anders ausgesehen. Aber erklär das mal dem Vorstand.

## NÜSSE

Diese lebenserhaltenden Maßnahmen. Das Leben besteht zu großen Teilen aus ihnen. Essen, küssen, trinken, schlafen, atmen, schreiben, reden, bleiben, gehen. Aber das Leben kann doch kein Selbstzweck sein. Du stehst an irgendeiner Ecke und verkaufst Nüsse, damit irgendjemand sie isst. Und dafür die lebenserhaltenden Maßnahmen. Ich weiß nicht. Da bin ich doch lieber gleich die Nuss.

## DIE AGELASTEN

Ich bin von ihnen umzingelt. Kaum bin ich einigen von ihnen entkommen, treffe ich schon wieder auf die nächsten, es sind so viele und sie werden immer mehr, die Agelasten, diejenigen, die keinen Sinn für Humor haben, die ständig die Härte des Daseins zwischen ihren Zähnen und Worten hervorblitzen lassen, die es gelernt haben, unter den Übrigen als unentbehrlich und tonangebend aufzutreten, die es verstehen, sich beliebt zu machen, die überall dabei sind, fröhlich und doch doof, weil ihnen das Wesentliche fehlt, nämlich die Ironie gegenüber sich selbst, die fehlt ihnen, den Agelasten. Ihnen aus dem Weg zu gehen ist unmöglich. Es sind einfach zu viele.

## TÄTOWIEREN

Der Mann voller Nummern. Er hatte sich damals, in der Zeit vor den Mobiltelefonen, eine Menge für ihn wichtiger Telefonnummern auf den Körper tätowieren lassen. Und jetzt stand er da. Vollgeschrieben mit Festnetznummern. Inzwischen alle längst stillgelegt.

## HÄUTE

Wohin sie auch schaut, überall Haut.
Alles in Haut eingewickelt,
Die Menschen, die Tiere,
Die Äpfel mit ihrer Apfelhaut,
Sie stecken in einer Verpackung aus Cellophanhaut,
Das Sofa im Kaufhaus mit der transparenten Außenhaut
Steckt in Kunstlederhaut.
Ich sehe eine unendliche Fläche aus Häuten vor mir.
Wie viele Quadratmeter Kuhhaut hat eine Kuhherde?

Ohne Haut würde mir nichts einfallen,
Ohne Haut würden wir auseinanderfallen,
Menschen, Äpfel, Sofas und Kühe.
Würden wir alles, was wir aufschreiben wollen,
Auf Häute schreiben,
Wir bräuchten eine Hautfläche ungeahnten Ausmaßes,
Eine Hautlandschaft aus Haut, Haut und nochmals Haut.

Und falls sie irgendwann näherkommen,
Die Hautfresser,
Dann steigen wir einfach um auf digital,
Jeder Buchstabe ein binär kodiertes Bild,
Konstruiert aus Null und Eins.
Diese beiden Signalzustände reichen aus,
Um Zeichen herzustellen, die Sprache bilden.
Wie auf einer Kuhhaut.


## NÄHTE

Trenton Kilbinger sah nur mehr Nähte, konnte sich nur
mehr auf den weitestgehend belanglosen Umstand konzen-
trieren, dass alle Leute, denen er begegnete, in zusammen-
genähten Stoffstücken herumliefen, in von Maschinen nach
Schnittmustern hergestellten Klamotten, die sich den Kör-
performen derjenigen, die sie trugen, möglichst widerstands-
los anpassten, sich an sie anschmiegten, reibungslos, Kante
für Kante zusammengehalten von: Nähten. Die maschinelle
Regelmäßigkeit, mit der der Faden aus dem Kleidungsstück

auftauchte und wieder in diesem verschwand, Oberfaden, Unterfaden, von den Haaren bis zu den Waden, der Rhythmus, dem diese Nähte folgten, das Industrielle, das sie ausstrahlten, er fühlte es. Als ob die Nähte durch seine eigene Haut liefen, als ob er selbst ein aus unterschiedlichen Teilen zusammengenähter Körper wäre, alles zu einem funktionierenden Ganzen kombiniert, an den Nahtstellen fein verarbeitet. Er konnte die Nähte spüren, wie sie aus ihm hervorkamen, um wieder in ihm zu verschwinden, wieder und wieder, in unerbittlicher Regelmäßigkeit. Und sie nähten. Die Schneider. Die Chirurginnen. Die Maschinen. Nähten und nähten. Eine Verletzte rief: Näht mich zusammen. Wie eine Jacke.


## TEMPOÄNDERUNGEN


Du gehst zum Bus, wartest, steigst ein, der Bus fährt los, nach einer Viertelstunde steigst du aus, gehst zum Hallenbad, schwimmst 40 Längen, gehst wieder zum Bus, musst laufen, um ihn zu erreichen, später schlenderst du gemütlich zurück nach Hause, isst, hörst Musik von Adagio über Andante bis Allegro, verlässt irgendwann wieder die Wohnung, fährst mit dem Rad, der U-Bahn oder der Fähre, steigst über Stufen, stehst auf Rolltreppen oder in Liften und dabei variiert ständig die Geschwindigkeit, mit der du dich bewegst, der ganze Tag und das ganze Leben bringen eine Abfolge von Tempoänderungen mit sich, so wie die Jahrhunderte, in deren Verlauf immer wieder neue Fortbewegungsmittel entwickelt wurden, die die Frequenz der Änderungen des Tempos erhöht haben, und selbst das Tempo deines Herzschlags oder deines Atems ändern sich bisweilen, deine Pulsfrequenz, alles.

## SARAH FRAME

Sarah Frame hatte die Haarspange, die uralte Haarspange, am Vormittag weggeworfen, in den Mülleimer, lange schon wollte sie diese Haarspange loswerden und hatte es bis jetzt doch nicht übers Herz gebracht. Ralf hatte mittags den Müllsack in den Hof hinuntergebracht und in die Tonne für den Restmüll geworfen. Am Nachmittag desselben Tages erreichte plötzlich folgender Gedanke Sarahs Gehirn: Ich hätte sie doch nicht wegwerfen sollen! Sie war zwar schon sehr abgenutzt, aber sie war das Einzige, das ich noch von Großmutter besaß, außerdem habe ich sie doch noch immer wieder mal getragen, Mist, wo ist sie? Sie ging zum Mülleimer in der Küche, öffnete den Deckel, sah in den leeren Behälter und ihr war sofort klar, dass Ralf den Müllsack zur Tonne im Hof gebracht haben musste. Zwei Minuten später stand sie unten im Hof und öffnete die Tonne, die aber ebenfalls leer war, keine Müllsäcke mehr da, alle weg, von der Müllabfuhr abgeholt. Sollte sie? Sie griff zu ihrem Mobiltelefon, suchte die Nummer der städtischen Verwaltung heraus, rief an, ließ sich mit der Abteilung für Abfallentsorgung verbinden und schilderte ihr Problem. Die Frau am anderen Ende der Leitung fand heraus, welcher Müllwagen ihren Sack eingesammelt haben musste und wo er ihn hingebracht hatte. Sarah stieg ins Auto und fuhr zur Mülldeponie. Die Zufahrtsstraße wurde von einer Schranke abgeriegelt. Sie blieb stehen, ließ die Fensterscheibe runter und fragte den Mann in dem kleinen Häuschen neben der Schranke, ob der Wagen, den die Frau in der Verwaltung als denjenigen mit ihrem Müllsack ausgemacht hatte, schon eingetroffen wäre. Der Mann sagte: Vor einer halben Stunde. Sie schilderte ihr Anliegen. Er ließ sie passieren. Und rief ihr nach: Dass ihnen nicht übel wird. Sie dachte: Es gibt so viele Propheten des Negativen. Einige Minuten später verstand sie, was er gemeint hatte. Der Gestank auf dem Müllplatz war unglaublich intensiv und ätzend. Sie stellte ihr Auto ab und fragte die Frau, die die ankommenden Müllwagen koordinierte und festlegte, wo diese jeweils ihren Inhalt abzuladen hatten, an welche Stelle der von ihr verfolgte Wagen seine Füllung gekippt hätte. Die Frau dachte kurz nach, zeigte in eine bestimmte Richtung und sagte: Dort. Vor einer halben Stunde. Sarah machte sich auf den Weg. Als sie die Stelle erreicht hatte, an der ihr Müllsack abgeladen worden war, stockte ihr der Atem. Sie sah eine riesige Halde aus tausenden Müllsäcken vor sich. Soll ich? Und begann, nach ihrem Müllsack zu suchen. Eine Stunde, zwei Stunden, einen Tag lang, zwei Tage. Ralf hatte in der Zwischenzeit einen Schlafsack und eine Thermoskanne mit Tee gebracht. Und sie flehentlich gebeten, nach Hause zu kommen. Sie aber gab die Suche noch lange nicht auf.

## NIEDERGESCHLAGENHEIT IN ZEITEN DER HOCHKONJUNKTUR

Hey London New York Bermuda
Ihr rastlos Dahinrasenden
Ihr habt dem Spektakel den Witz geraubt
Ihr habt voll auf den Zweck gesetzt
Und nichts vom Rest übriggelassen

Doch der Frust
Über den Nützlichkeitsterror
Macht uns melancholisch

Niemand singt
Verstummt sind die Stimmen
Sie bleiben in ihrer Box

Während wir unsere Termine einhalten
Elektropost Film Ausstellung
Kunst Kinder Frau Freunde
Exfreunde Exfrau Exkinder Exkunst

Essen wir
Ob wir wollen oder nicht
Und leben
Ob wir müssen oder nicht

Zunehmend entwickelt sich
Unwille dem Wollen gegenüber
Und dabei wären wir doch happy damit gewesen
Teil von etwas zu sein
Das wir uns ausgedacht haben
Um freiwillig und kreativ
Einen produktiven Beitrag
Für die Öffentlichkeit zu leisten
Der nicht bloß der Aufrechterhaltung
Des Bestehenden dienen sollte

Wo bleibt denn der Mehrwert
Wann kommt denn das Blingbling

Wir sind überwach
Wir sind überwacht
Wir sind die Totalüberwachtesten
Die es je gegeben hat

Als ob mich etwas dazu zwingen würde
Beschäftige ich mich andauernd
Mit meinem Mobiltelefon
Und weißt du was ich immer suche
Immer
Mein Mobiltelefon

Falls ihr mich sucht
Ihr könnt mich leicht finden
Ihr braucht nur mein Mobiltelefon zu orten

Wenn nur nicht einer von uns beiden
In den Fluss fällt
Mein Mobiltelefon oder ich
Leicht kann es passieren
Wenn nur mein Mobiltelefon nicht nass wird

Auch die kleinen Unfälle werden
Jetzt schon äußerst ästhetisch dargestellt
Die großen sowieso
Hauptsache ästhetisch
Sonst verkaufen sie sich nicht

Alle wollen in den Westen
Den Westen hassen
Und alle wollen wissen
Warum alle den Westen hassen

Welche Medikamente
Gibt es gegen die Schmerzen
Die von anmaßender Überlegenheit
Ausgelöst werden

Wo ist ein Mittel
Gegen die unersättliche Illusion
Alles richtig zu machen

Außerdem kollidiert mein reales Leben ständig
Mit meinen Vorstellungen
Obwohl meine Vorstellungen auf realistisch machen
Kracht es doch ständig
Innerhalb der mich umgebenden Umrisse

Ramponiert liege ich im Staub
Wie eine Kopfbedeckung ohne Kopf

## QUATSCH DES TAGES

Niemand versteht die Schwächen der Menschen so perfekt
wie Bakterien und Viren. Sie infizieren dich und verwandeln
dich unversehens in eine kränkelnde Parallelfigur aus dem
Nachbarhaus, die ständig von Ruhe und Entspannung
spricht und doch kaum eine Sekunde ohne Trubel auskom-
men kann, immer mehrere Seiten zugleich offen, permanent
im digitalen Whirlpool hängend, umspült von tendenziösen
Geschichten, die über den Quatsch des Tages erfunden werden jede Sekunde. Und auch der Hinweis darauf, dass die
Weltbevölkerung ab 2070 dauerhaft schrumpfen würde, war
nur für die Dauer von wenigen Wimpernschlägen interessant, weil ganz unvermutet von Karim die Nachricht kam:
Was machst du?

## WÜRDE

Würde nur jemand mit uns reden
Wir sähen gleich ganz anders aus


## STIL

Hey Pal, Money, Wohnung, Mantel, wir sind zu unseren
Körpern gekommen wie nicht ganz zufällig gefallene Würfel,
Zellen, Gene und Schwupps hast du deinen Kopf, Bauch,
Zehen, Augen, alles so und so, you like it? Sieh mal nach in
den Zeitschriften, wo sie die Zeichen der Zeit veröffentlichen
und check mal den Stil, in dem die nicht ganz zufällig so gewordenen Körper auftreten. Siehst du die Vorgaben, die Ab-
weichungen, die Optimierungen? Wie auch immer gehen
wir mit der Zeit. Mit der Zeit gehen wir.


## SEHEN

Wir sehen nur so aus
Wir sind nicht so
Würden wir aussehen wie wir sind
Wer weiß ob ihr uns sehen würdet

## EINREDEN

Was uns alles eingeredet wird. Und was wir selbst uns alles einreden. Und wenn auch manchmal versucht wird, uns wieder etwas auszureden, reden wir doch weiter auf uns ein und tragen damit dazu bei, dass sich die Dinge für uns so darstellen, wie wir sie uns einreden. Würden wir uns nicht dauernd etwas einreden, wir wären verloren. Was wird uns bleiben, wenn nicht das, was wir uns eingeredet haben? Und darüber hinaus reden ja auch noch so viele andere auf uns ein, jeden Tag, und wir überlegen, wie das, was die anderen uns einreden, sich zu dem verhält, was wir selbst uns einreden. Das ist es, was uns verbindet. Zumindest reden wir uns das ein.

## PAREIDOLIE

Auf zerknitterten Decken und abblätternden Hausfassaden, auf Baumrinden und Gebäuden, auf Zügen, Flugzeugen und Kleidungsstücken, in Wolken und in der Landschaft, auf der Oberfläche anderer Planeten wie auch auf der Oberfläche unseres Schreibtisches, in einer Menge von Dingen sehen wir Gesichter. Dieses Phänomen nennt sich Pareidolie (von altgriechisch: para = vorbei und eidolon = Bild) und wird in einer Zone der Großhirnrinde produziert, die nicht nur bei echten Gesichtern, sondern auch bei Mustern, die Gesichtern ähnlich sind, aktiv wird. Bei derartigen Wahrnehmungen spielen die vordere Hirnrinde, die verarbeitet, was wir zu sehen erwarten und die hintere Hirnrinde, die das wirklich Gesehene aufnimmt, zusammen. Das menschliche Gehirn neigt dazu, diffuse und unvollständig wirkende Strukturen zu komplettieren und vertrauten Formen anzugleichen.

## ORIGINAL EGAL

Du bist nicht das Original. Du bist nur eine Ansicht des Originals. Siehst zwar genauso aus, bist es aber nicht. Und falls du wissen willst, wie das Original aussieht und wo es ist: Keine Ahnung, das Original ist uns egal. Hätten wir das Original gefunden, wären wir vor ihm stehengeblieben, hätten uns ehrfürchtig vor ihm gezeigt, hätten unseren Bewegungsfluss verloren und wären vielleicht hingefallen. So aber bewegen wir uns locker weiter und schlendern an Kopien vorbei, die an Originalschauplätzen aufgestellt worden waren. Wahrscheinlich wären wir stehengeblieben, wenn uns das Original etwas bedeutet hätte. Es hat uns aber nichts bedeutet. Es war uns egal. Wir sind einfach an ihm vorbeigegangen.

## ROBIN

Robin zu sich selbst: Wenn ich versuche, ich selbst zu sein, werde ich zu einem Genre, werde verwechselt mit Äußerungen und Bildern, die von mir im Umlauf sind. Ich kann niemals authentisch sein, sondern nur eine den Erwartungen der Allgemeinheit entgegenkommende Erscheinung. Authentisch zu sein heißt nichts anderes, als eine Parodie von sich selbst zu sein. Im besten Fall kann diese Einsicht den Prozess der Entdeckung der Unselbstverständlichkeit des Selbstseins in Gang bringen.

## NEUE STIMME

Sie sagte nur: Könnt ihr mich hören? Weiter sprach sie nicht. Denn sie stellte schockiert fest, dass die Stimme, die da soeben aus ihr herausgekommen war, nicht die Stimme war, die sie als ihre eigene kannte, sondern eine andere. Sie sprach nicht mehr mit ihrer Stimme. Mit wessen Stimme sie sprach, sie wusste es nicht. Jedenfalls nicht mit ihrer eigenen. Was war geschehen? Was bedeutete das? War sie nun, weil ihre Stimme nicht mehr ihre Stimme war, nicht mehr sie selbst? Oder war, abgesehen von der veränderten Stimme, alles wie immer? Sie zweifelte. Denn die Stimme, ihre eigene, klang sie nicht so wie sie klang, weil ihr ganzes Leben dahinterstand, war sie nicht Ausdruck ihrer Persönlichkeit und ihrer Erfahrungen, war der Sound ihrer Stimme nicht die Summe all dessen, das sie ausmachte? Und wo kam plötzlich diese andere Stimme her, mit der sie nun sprach, wieso sprach sie mit ihr? Sie fand, diese Stimme passte nicht zu ihr. Oder doch? Vielleicht war einfach der Zeitpunkt für eine neue Stimme gekommen.

## PUPPEN

Was wäre, wenn sie nicht die Puppe in der Hand hätten, durch die sie sprechen, durch die sie es wagen, etwas zu sagen, was sie ohne die Puppe nie zu sagen gewagt hätten? Wer sind sie? Wer ist die Puppe? Sind sie die Konvention? Und die Puppe die Subversion? Sind sie die Angst und die Puppe der Mut? Wenn das so ist: Besorgt euch Puppen.


## ÜBERLEGT ODER SPONTAN

Merkst du im Lauf eines Gesprächs, ob die Person, mit der du sprichst, etwas sagt, das sie sich schon vorher überlegt hat, sei es vor kurzem oder auch schon vor längerer Zeit, und nur auf eine günstige Gelegenheit gewartet hat, um das Vorbereitete anzubringen oder ob sie es spontan sagt? Im Grunde mag es egal sein. Gesagt ist gesagt. Aber merkst du es nun oder nicht?


## EIN SATZ

Manche haben mit einem einzigen Satz ihr ganzes Leben verspielt. Die Sätze, die Menschen sagen, sind den Menschen, die sie sagen, meistens sehr ähnlich, passen, wie es heißt, zu ihnen, sind ihre Sätze. Doch völlig unerwartet kann es dazu kommen, dass ein zutiefst widerwärtiger Satz aus ihnen rauskommt, ein abscheulicher und abstoßender Satz, alle fragen sich, wo der hergekommen ist, wie kann das sein, wie ist dieser Satz in sie hineingekommen oder ist einfach nur das, was wir uns über sie dachten, immer schon falsch gewesen, oder war es nur ein unüberlegter Moment, in dem sie das Falsche gesagt haben oder hat das Falsche schon die ganze Zeit in ihnen drinnen gesteckt und ist in diesem einen Moment aus ihnen herausgeflutscht? Die Kommunikation ist eine glitschige Angelegenheit, irgendwann kommt der Moment, in dem er ausgesprochen wird, dieser eine Satz, der uns auf den Umstand hinweist, dass wir uns auf Erwartungen gestützt hatten, die nicht realistisch waren. Weder wir selbst waren realistisch gewesen, noch die, von denen wir reden. Wir haben alle falsch gelegen. Endlich ist es raus.


## VERSPRECHVERBOT

Über uns wurde ein Versprechverbot verhängt
Sich versprechen ist ein Verbrechen
Wir haben versprochen
Uns nicht zu versprechen
Und haben wir uns doch versprochen
Das Verbrechen doch verbrochen
Das Versprechen doch gebrochen
Uns nicht zu versprechen
Wurden wir bestraft vom
Antiversprechermassakeramt
Versprochen ist versprochen
Das Amt hält sein Versprechen

Das wird auch nicht gebrochen
Hätten wir uns nur nicht versprochen

## HAPPINESS

Was können wir dagegen tun, dass alles so verständlich ist?
Ich weiß, es ist vielleicht das Privileg des Kindes, in den al-
lersimpelsten Dingen Faszination zu finden. Aber kaum ist
etwas klar, ist es auch schon wieder vorbei mit der Faszination. Ist es doch kein Zufall, dass Happiness so ähnlich klingt
wie Business?

## ENDLOSBUS

Die Verhandlungen über den neuen Vertrag zwischen irgendwelchen Unternehmen hatten ein hitziges Stadium
erreicht, das Hin und Her zwischen Argumenten, Vorschlä-
gen und Unverständlichem, zwischen Mobiltelefon, Video-
konferenz und Äußerungen der physisch Anwesenden hatte
ein sprachliches Turbogewusel entfacht, von dem einige der
Beteiligten jetzt mal eine Pause brauchten. Sie verließen das
Meeting, gingen hinaus in den Vorraum mit den großflächigen Fenstern und besprachen das Besprochene. Manchmal
sahen sie sich dabei in die Augen, meistens schweiften ihre
Pupillen aber zur Erholung über irgendwelche Objektober-
flächen und gelegentlich verfing sich der Blick am vorbei-
strömenden Verkehr, der durch einen von zwei Bäumen

eingefassten Ausschnitt in einer Entfernung von ungefähr hundertfünfzig Metern beobachtet werden konnte. Ein Bus tauchte in dem vom Blätterwerk geschaffenen Rahmen auf, fuhr vorbei, hörte aber nicht auf, vorbeizufahren, dieser Bus hatte offensichtlich kein Ende, ein Bus wie ein Fluss, ein Bus mit endloser Länge, er zog vorbei und hörte nicht mehr damit auf. Handelte es sich hier um einen Trick? Wie funktionierte er? Und während ihre Augen am Endlosbus festhingen, dachte eine der Chefverhandlerinnen: Hoffentlich gerate ich morgen nicht in eine Liftkabine, die endlos lange nach oben fährt. Oder nach unten. Wohin auch immer.

## ZUGLEICH

Alle haben Fenster offen,
Zehn Programme zugleich.
Zwei Herzen haben sich getroffen,
Beide waren reich.

Sie schenkten sich Juwelen,
Aus schönstem Material.
Doch sahen nur die Fenster,
Der Rest war ihnen egal.

Ihr Reichtum war vergeblich.
Wie sie fanden: unerheblich.
Und so glotzten sie zugleich
Auf ihre Fenster. Beide bleich.

## SCHIMMER

Die Architektin sprach über den Schimmer, über die nicht leicht zu berechnende und vage Form des Lichts in Gebäuden. Sie meinte, es wäre ein Qualitätsmerkmal, wenn der Schimmer eine Chance bekäme, wenn das Zulassen der diffuseren Sorten von Licht ermöglicht werden würde. Sie beendete ihren Vortrag und verließ in heller Stimmung und unter dem kräftigen Applaus der Studierenden den Raum. Eine der Zuhörerinnen war begeistert darüber, wie vehement die Vortragende versucht hatte, am Beispiel der Architektur die Bedeutung von Schattierungen zu vermitteln und dachte, dass die Aufmerksamkeit für Nuancen zu schärfen geradezu eine gesellschaftliche Notwendigkeit darstellte, wenn sie nicht alle zusammen gänzlich auf verlorenem Posten bleiben wollten.

## SCHICHTWECHSEL 1

Als die Bediensteten des Bordrestaurants aus dem Zug stiegen und am Bahnsteig auf ihre, die nächste Schicht übernehmenden, Kolleginnen trafen, kam es zu einem kurzen und intensiven verbalen Austausch, der von derart heftigen Gesten begleitet wurde, dass es von der Ferne aussah, als würde es hier zu Handgreiflichkeiten kommen. Weil sie aber während dieses heftigen Austausches ein Lachen im Gesicht hatten, war klar, dass hier keine Gewalt im Spiel war. Nach einigen Minuten schüttelten sie sich die Hände, verabschiedeten sich, die einen stiegen in den Zug, die anderen verließen das Gelände.


## SCHICHTWECHSEL 2

Die Angst
Der mittleren Oberschicht
Vor dem Abstieg
In die obere Mittelschicht

Die Gefahr des Abstiegs
Der unteren Mittelschicht
In die obere Unterschicht

Aus stabilen Schichten
Werden labile Schichten

Und dabei
Sind doch weiblich und männlich
(Zumindest was die Schicht betrifft)
Gern unzertrennlich

Auch die schicke Oberschicht im Kern
Trennt sich von ihresgleichen nicht so gern
Und auch die brave Mittelschicht
Ist auf den Abstieg nicht erpicht

Und dabei
Schuftet die halbe Welt
Bei einem Durchschnittseinkommen
Von 200 Dollar

## TERRASSENWAHN

Letztlich war es so weit gekommen, dass diejenigen, denen es wichtig war, zu den sogenannten Besseren zu gehören, unbedingt eine Terrasse haben wollten. Ein Leben ohne Terrasse erschien ihnen trostlos und frustrierend. Am Horizont konnten sie eine Terrasse für sich vor sich sehen, eine kleine Fläche fürs Eigene, einen privaten, aber doch offenen Raum, am besten mit Aussicht, mit ein bisschen Überblick. Schon in der Antike gehörte es für die Wohlhabenden zum guten Ton, als Übergang vom Inneren eines Gebäudes in den umliegenden Garten eine Terrasse anzulegen. Und schon damals kam es in jenen Häusern immer wieder zu dem heiklen Moment, in dem der obligate Satz fiel: Lass uns das doch lieber auf der Terrasse besprechen. Eine Gemeinsamkeit der Terrassenbesitzenden war, dass sie sich der Terrasse nur so lange zu erfreuen imstande waren, so lange sie der Überzeugung sein konnten, ihre eigene Terrasse wäre derjenigen der Nachbarn und Bekannten in Größe, Ausstattung, Lage etc. überlegen. Ähnlich wie beim Rassenwahn bildete auch beim Terrassenwahn das Gefühl der Überlegenheit gegenüber anderen das entscheidende Fundament. Wie in den grausamsten Zeiten des übelsten Kolonialismus mussten Unterlegene her, um eine Überlegenheit behaupten zu können, ohne die es anscheinend nicht möglich war, sich ok zu fühlen. Katastrophale Auswirkungen hatte der Terrassenwahn aber nicht nur auf die mentale, sondern auch auf die klimatische Situation. Weil alle Terrassenflächen versiegelte Flächen waren, die kein Wasser aufnehmen konnten und ihre Ausdehnung mittlerweile gewaltige Dimensionen angenommen hatte, trugen sie in gravierendem Ausmaß zur Zerstörung der Umwelt bei. Der Terrassenwahn musste gestoppt werden, umso mehr, als sich durch jede weitere Terrasse die Gefahr von Hochwassern erhöhte, und damit auch das Risiko, dass diejenigen, die auf den Terrassen zu sitzen beliebten, von einer Flutwelle weggespült wurden. Die anderen sowieso.

## DIE GEFAHR

Es kann Schlimmeres geschehen, alles wird vergehen,
Doch die Gefahr, sie bleibt bestehen:
Aufzustehen und dabei auszusehen wie jemand,
Für den es besser wäre auszuziehen.

## FLUCHT

Er verließ das Gebäude. Ging einige Blocks die Straße runter, verschwand in einem Hauseingang, betrat eine Wohnung, zog sich um und wurde mit einer neuen Frisur ausgestattet. An seinem Gesicht wurden Korrekturen vorgenommen. Er bekam gefälschte Papiere und setzte sich umgehend ins Ausland ab. Auch wenn dies alles jetzt sehr altmodisch klingt, es war trotzdem so: Die Polizei wusste Bescheid, verzichtete aber auf Verfolgungsmaßnahmen, weil sie froh war, dass sie nichts mehr mit ihm zu tun hatte. Genau wie seine Frau.

## PASSKONTROLLE

Deinen Pass habe ich aus deiner Jacke herausgezupft und ihn, so wie er ist, auf dem Schwarzmarkt verkauft. Ab nun wird sich eine andere Person als du ausgeben, du wirst nicht mehr die einzige sein, die sich als du ausgibt und sie, die mit deinem Reisepass herumläuft, ist ohnedies nicht mehr ganz sie selbst, wenn wir es genau nehmen, denn ihr Ausweis zeigt dein Gesicht. Bei der Passkontrolle werden sie sie ansehen und sie für dich halten und den Eindruck haben: das sieht ihr ähnlich. Das Bild. Und sie wird weitergehen und sich einbilden, sich ein bisschen so zu fühlen wie du, kann sich aber gar nicht wie du fühlen, denn sie kennt dich ja überhaupt nicht. Wird aber trotzdem für dich gehalten. Egal wie du dich fühlst.

## SEAN FERGUSON

Die Einwanderungsbehörde änderte in vielen Fällen in Sekundenschnelle die Namen der Ankommenden, passte sie der nordamerikanischen Sprache an, noch Generationen später mussten diese Namen genauso geschrieben werden, sonst gab es Schwierigkeiten. Als eines Tages einer der Einwanderer auf die Frage nach seinem Namen, der ihm angesichts der Geschwindigkeit, mit der hier mit Namen umgegangen wurde, viel zu lang und kompliziert erschien, mit einer Mischung aus Verlegenheit und Chuzpe einfach antwortete: Schon vergessen!, wurde ihm, und davon sprachen die Nachkommen und ihre Nachbarn nun schon seit hundert Jahren, von der Behörde im Schnellverfahren folgender Name verpasst: Sean Ferguson.

## DIE URENKELIN

Die Auswanderer hatten kaum etwas bei sich. Sie vermissten nichts. Kamen auch nicht wieder. Erst hundert Jahre später die Urenkelin.

## AUF EINMAL KLAR

Als sie später einmal sah,
Was aus ihr geworden war,
Wurde ihr auf einmal klar,
Dass sie selber nie so war,
Nie so war, wie sie sich sah.
So war das schon immer.
Bla.

## VERDRÄNGUNG

Die fortgesetzte Verdrängung des schon seit lange bestehenden, sich immer wieder erneuernden und letztlich als gegeben angenommenen Unrechts führte zu wachsender Aggression auf Seite der Benachteiligten und erst beim Nachlassen des mit großen Verlusten für beide Seiten verlaufenden Konflikts begann eine öffentliche Diskussion, in deren Verlauf sich herausstellte, dass die fortgesetzte Verdrängung des schon seit längerem bestehenden Unrechts ein Fehler gewesen war.

## LEISTUNGEN

Als großes Übel, geradezu als Verbrechen, wird vom Staat das Erschleichen von Leistungen desselben dargestellt und dabei die Tatsache verschwiegen, dass der Staat sich längst schon, ohne zu fragen, in unsere intimsten Belange eingeschlichen hat. Auch eine Leistung.

## ANDROGYN

Einem uralten Mythos zufolge, der in der Zeit vor der Entwicklung der Schrift über unzählige Generationen mündlich weitergegeben wurde, waren die Menschen ursprünglich androgyn. Da sie sowohl die weiblichen als auch die männlichen Qualitäten in sich vereinten, fühlten die Götter sich bedroht und trennten sie in die beiden uns seitdem hinlänglich bekannten Geschlechter. Und vor hundert Jahren schrieb Virginia Woolf, dass angesichts der Weite und Vielfalt der Welt zwei Geschlechter ziemlich unzureichend wären.

## KLUFT

Die Eroberung Thebens war letztlich vergebens
Verglichen mit anderen Aspekten des Lebens
Zum Beispiel dem Einfluss durch schwedische Filme
Dem täglichen Tratsch zwischen Partnern in Crime
Der scheinbaren Kluft zwischen Alten und Jungen
Dem Für und dem Wider von Rhythmus und Reim
Die Zeit ohne Kriege kam allen entgegen
Die goldene Phase ohne den Krach
Sie kam dem Publikum durchaus gelegen
Das sagte nicht viel davor und danach
Wie lang sich das hielt war nicht abzusehen
Doch solang es so blieb war niemand dagegen

## NAHRUNG

Quirlig taumelten die Fledermäuse auf der Jagd nach Mücken durch den lauwarmen Nachthimmel, ständig nach Nahrung Ausschau haltend, genauso wie all die hungrigen Gestalten, die zur selben Zeit vor ihren Displays lungerten, im Internet nach Info-Häppchen schnappten und dabei Burger aßen.

## PARKGARAGE

Hallo Parkgarage! Die Parkgarage sagte nichts. Stand nur da als ein in 17 Ebenen unterteiltes Wesen aus Beton und Stahl, jede Etage bis auf den letzten Platz gefüllt mit Autos. Zweck erfüllt. Brav.


## PRIVATFERNSEHEN

Wie verschiedenartig sich das Geräusch eines vorbeifahrenden Autos bei unterschiedlichen Wetterbedingungen, Architekturen und persönlichen Stimmungen auch anhören mag, wir haben es doch immer mit dem Geräusch eines vorbeifahrenden Autos zu tun oder: Konsumieren wir nicht ständig irgendein Privatfernsehen?


## MASSENSPORT

Wir neigten unsere Köpfe zur Seite, um die schief gewachsenen Bäume gerade stehen zu sehen, um unsere verzerrte Wahrnehmung mit einem Hauch von Harmonie zu schmücken, nichts war gerade, der gesamte Planet eine einzige Krümmung, die Geradlinigkeit diente bestimmten Zwecken und nach Abzug der Zwecke entfaltete sich ein zunehmend verstehbares Panorama aus unterschiedlichsten Perspektiven, manche fester, manche flüssiger, die meisten ziemlich opportunistisch. Der Input des Mainstreams hatte seine vernichtenden Spuren hinterlassen, der Mainstream hatte einen fatalistischen Charakter, der laufend dadurch gestärkt wurde, dass die Beliebtheitswerte negativer Informationen ständig im Steigen begriffen waren, ja diese waren in der Bevölkerung dermaßen beliebt, dass sie zu einem bedeutenden ökonomischen und mentalitätsbestimmenden Faktor geworden waren, einem Massensport, dessen Dominanz weder durch gutgemeinte Einwände noch durch großflächige Ignoranz gebrochen werden konnte, was uns aber nicht daran hinderte, unsere Köpfe zur Seite zu neigen, um den Eindruck zu gewinnen, die schief gewachsenen Bäume würden gerade stehen.

## SAGEN

Weil ich mir nicht ausdenken kann
Was ihr sagen würdet
Wenn ihr etwas sagen würdet
Wäre ich wirklich froh
Wenn ihr jetzt endlich etwas sagen würdet
Weil sonst denke ich mir einfach etwas
Aus

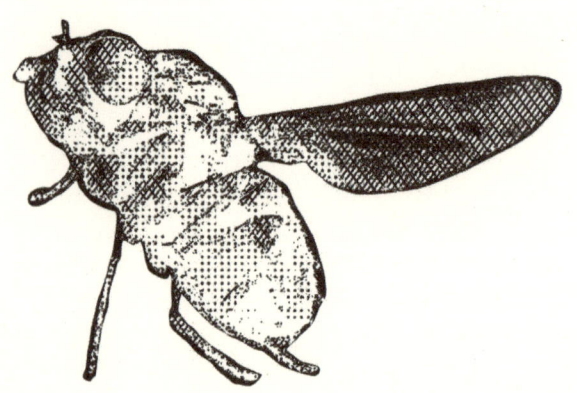

# TRYTOSAY

*Now I sit down on the sofa*
*And I watch the evening news*
*There's a half a dozen tragedies*
*From which to pick and choose*

Iris DeMent, »No Time to Cry«

Tired hatte ein Problem mit ihren Vermietern, Stoned aber hielt zu ihr. Wäre Nasty nicht immer so ekelig zu Picky gewesen, hätte es das Problem nie gegeben. Happy sagte zu Lonesome: Gehen wir doch rüber zu den Stubborns, die haben wenigstens eine Wohnung. Lonesome war dagegen. Er wäre lieber mit Stoned essen gegangen. Doch der wollte zu Picky. Aber Picky war bei Tired. Nasty auch.

**WIEDERHOLT**                               **LALIE 1**

Palilalie, von altgriechisch pálin, dt. wieder und laleô, dt. reden, ist ein medizinischer Fachbegriff, der den krankhaften Zwang bezeichnet, eigene Sätze und Wörter wiederholt zu sprechen. Dabei steigt die Sprechgeschwindigkeit, während die Lautstärke sinkt.

**PASSAGIERE**                               **FLIEGE 1**

Kleine Fliegen, die auf riesigen Tieren sitzen mit dem Gefühl, sie würden diesen Tieren die Richtung vorgeben. Doch sie sind nur Passagiere. Und am Ende können sie froh sein, nicht abgeworfen zu werden. Oder gefressen. Zum Beispiel von einem Vogel.

## PETEXTRIANS

Kombination aus Pedestrian und Text. Die so Genannten beschäftigen sich während des Gehens im öffentlichen Raum hochkonzentriert mit den Textnachrichten auf ihren Mobiltelefonen und widmen diesen wesentlich mehr Aufmerksamkeit als ihrer Umgebung.

## KREDITKARTE

Cindy P K war massiv verärgert, als sie festgenommen wurde. Sie hatte soeben fünf Millionen in der Lotterie gewonnen. Das Problem war, dass die Kreditkarte, mit der sie das Los gekauft hatte, gestohlen war. Sie wurde eingesperrt, der Gewinn wurde an die Besitzer der gestohlenen Kreditkarte ausgezahlt. Diese wiederum überwiesen fairerweise sogleich die Hälfte des Geldes an Cindy P K, die am Tag darauf aus der Haft entlassen wurde und sich etwas Schönes kaufte.

## LEGENDE

Der Sohn der wegen ihrer engagierten und selbstlosen Haltung während der Revolution zur Legende gewordenen Präsidentin ist wegen Zuhälterei und Kokainhandels zu einer mehrjährigen Haftstrafe verurteilt worden.

Trytosay verlangte eine Erklärung, legte aber keinen beson-
deren Wert auf die Ansichten, die der älter und kleinlicher
gewordene Mr. Tradition immer und immer wieder von
sich gab. Ein Auto blieb stehen. Camouflage stieg aus,
wischte sich Schweiß und Dreck von der Stirn und kam auf
sie zu. Beam sagte: Wie schon so oft, aber diesmal ohne Ende.
Ohne Ende? Das war der geeignete Augenblick für Yokai,
wieder einmal den Satz loswerden zu können: Besser ist es!
Tradition: Oder auch nicht. Trytosay darauf: Wir können
den Verlauf im Vorhinein doch gar nicht festlegen. Beam:
Das würde mich auch sehr belasten. Camouflage: Ist doch
situationsbedingt. Tradition: Situationselastisch. Beam: Und
das ist ja wohl genau das, was gemeint war: Elastische Bedingungen. Yokai: Go with the flow. Camouflage begann,
einen Rhythmus zu spielen. 135 Beats pro Minute. Spätestens
eine halbe Stunde später waren sie aus dem Häuschen, um-
kurvten Wolkenkratzer, überflogen Abgründe, schwebten,
taumelten, segelten. Beam besang das zuvor Besprochene,
das im Augenblick sich Ereignende, das ständig auf sie Zu-
kommende, Tradition war völlig aufgelöst, in keinem Moment war klar, was folgen würde, Camouflage versank, Yokai
surfte, Trytosay verlor sich in einer nicht enden wollenden
Melodie. Ohne Ende? Einige Zeit später saßen sie beruhigt
beisammen, redeten wie knisterndes Feuer, tranken aus Flaschen. Am anderen Ende des verbalen Dschungeltunnels
traten sie ins Freie, Yokai startete den Wagen, der Selbststeue-
rung hatte, sie drehten die Sitze zueinander, Camouflage

sorgte für den Soundtrack, Tradition wippte mit dem Fuß, Beam sagte fahren wir, Trytosay sagte wohin.

## NACHHALL LALIE 2

Echolalie, von altgriechisch echó, dt. Nachhall und laleô, dt. reden, ist das Wiederholen von Sätzen und Wörtern von Gesprächspartnern. Tritt beim Tourette-Syndrom auf, bei Schizophrenie, Morbus Alzheimer und Autismus.

## MAUL FLIEGE 2

Lästige Fliegen waren der Löwenmutter ins Maul hineingeflogen, in Höchstgeschwindigkeit darin herumgeschwirrt und hatten alles zum Vibrieren gebracht. Ihre Zunge hatte geflattert wie die Fahnen vor dem UNO-Hauptquartier bei Starkwind, ihre Zähne hatten gejuckt wie Desinfektionsmittel auf einer offenen Wunde, durch ihr Maul war ein Orkan gefegt. Da hatte sie die Fliegen einfach runtergeschluckt wie sie waren. Alle. Die Fliegen waren jämmerlich in ihrem Magen verreckt. In ihrem Maul war wieder Ruhe eingekehrt.

## RINGXIETY PHONE 2

Auch Phonetom (Kombination aus Phone und Phantom) genannt, bezeichnet die Einbildung, das Mobiltelefon würde läuten oder vibrieren, obwohl dies nicht der Fall ist. Ursache dürfte eine übermäßig starke Verbundenheit mit dem eigenen Mobiltelefon sein. Verwandt mit dieser taktilen Halluzination ist ein Phänomen, das wir aus Zügen, Bussen, Wartezimmern und Warteschlangen kennen: der unverzügliche Griff zum eigenen Mobiltelefon, sobald irgendwo ein Klingelton zu hören ist.

## GEH                                        GELD 2

Ein Mann aus dem Mittelstand, verschuldet, trat zum Bankschalter, um eine Auskunft bezüglich seines Kontostandes einzuholen. Die Frau am Schalter war aber noch mit einer Finanztransaktion beschäftigt, in deren Verlauf sie fünfhundert 100-Euro-Scheine in ihre Zählmaschine steckte, um zu überprüfen, ob nicht doch einer fehlte. Nachdem alle Banknoten in der Auffanglade des Geldscheinzählers gelandet waren, schnappte sich der Kunde mit flinkem Griff den 50.000er-Stapel und verließ mit zügigen Schritten die Bank. Die Frau am Schalter sah ihm nach und dachte: Geh.

## PEDRO RUIZ                                 NEWS 2

Sein Plan war, eine waghalsige Aktion ins Netz zu stellen, um möglichst viele Views zu erreichen, es wurde aber ein Epic-Fail-Video draus, die Sache ging schief. Der 22-jährige Pedro Ruiz aus dem US-Bundesstaat Minnesota bezahlte das Immer-extremere-Dinge-machen-um-berühmt-zu-werden mit dem Leben. Seine Partnerin Monalisa Perez erzählte, dass Ruiz sie aufgefordert habe, mit einer Pistole auf ihn zu schießen. Er habe ihr ein Buch gezeigt, auf das er zuvor geschossen habe und bei dem die Kugel zwischen den Seiten stecken geblieben sei. Perez erklärte, dass sie eine Pistole aus einer Entfernung von 30 Zentimetern abgefeuert und sich ihr Freund mit einem vier Zentimeter dicken Buch geschützt habe. Das Projektil durchschlug jedoch die Seiten der Enzyklopädie und tötete Ruiz sofort. Die Aktion wurde mit 2 Kameras gefilmt, aber die Öffentlichkeit werde das nicht zu sehen bekommen, so Jeremy Thornton, Sheriff im Bezirk Norman, Minnesota. Die 20-jährige Perez wurde gegen Kaution freigelassen.

## MISS TRUE                                    NAMES 3

Oh ja, das stimmt, sagte Mr. Father. Das sagt er immer, raunte Miss True. Immer. Sie wollte sich abwenden, wurde aber von Tessy, der Schwester, angesprochen: Da hast du recht. Es stimmt ja. Darauf Miss True: Hör zu. Mr. Father erhob sein Glas und sprach: Wie schön, wenn alles stimmt. Ist doch selten genug der Fall, nicht wahr? Ganz wahr! rief seine Frau, Mrs. Fame Illy. Dann setzten sich alle zu Tisch, auch die beiden kleinen Brüder Pushy und Pulli. Und nicht zu vergessen Mr. Phoney Right, der Verlobte der Schwester. Er sagte zu Miss True: Ist selten so. Miss True sagte: Ganz selten. Darauf Mr. Father: Oh ja, das stimmt.

Koprolalie, die sogenannte Kotsprache, von altgriechisch kópros, der Kot und laleô, dt. reden, bezeichnet eine fortgesetzte Neigung, beim Sprechen Ausdrücke und Bilder der Verdauungsvorgänge zu verwenden. Vulgäre Ausdrücke aus der Fäkalsprache werden zwanghaft wiederholt. Der Duden bezeichnet Koprolalie als krankhafte Neigung zum Aussprechen unanständiger, obszöner Wörter, meist aus dem analen Bereich.

Zwischen den beiden Fensterscheiben, die vor kurzem geschlossen worden waren, befand sich eine Fliege, die aus diesem Zwischenraum nicht mehr entkommen konnte. Sie war dazu verurteilt, wie ein scharf surrender Pingpongball zwischen den beiden Glasflächen hin- und herzufliegen. Bei jeder Berührung mit dem Glas entstand ein dumpfer Schlag, dann wieder der aufgeregte Flug und wieder der Aufprall auf eine der beiden Scheiben. Zum Glück konnte sie nicht lesen und deshalb auch den Unsinn nicht verstehen, der auf einer Flipchart, die hinter der dem Innenraum zugewandten Fensterscheibe aufgestellt war, geschrieben stand. Hinter der gegenüberliegenden Scheibe befand sich ein künstlich angelegter Park mit Plastiksträuchern und Kunstrasen. Wie lange es der Fliege dort gefallen hätte, wird für immer unklar bleiben. Denn am nächsten Morgen lag sie leblos da, trocken wie altes Obst, Beine nach oben, kein Flügelschlag mehr, egal.

## FOMO                               PHONE 3

Die Angst etwas zu verpassen, auch Fear Of Missing Out, kurz FOMO, ließ uns alle an den Smartphones hängen wie die Patienten in den Intensivstationen an den Infusionsbeuteln. Es schien so, als ob ein Erlebnis erst dann existieren würde, wenn Bilder davon online gingen. Alles medial. Alles sozial. Jede Nachricht aktivierte das Belohnungssystem im Gehirn, jedes Eintreffen einer Nachricht führte dazu, dass Dopamin ausgeschüttet wurde, die Glückshormone überschwemmten die Gehirne, digitale Instantbefriedigung, Taumel, Trubel, Chimärenparty.

## HOSE                               GELD 3

Erfreulich, wenn du eine Jacke, die du lange nicht getragen hast, wieder mal anziehst und in einer der Taschen einen Hunderter findest.

## UMBENENNUNG 1                        NEWS 3

Im Zuge der Maßnahmen der Ukraine, sich diverser Symbole ihrer sowjetischen Vergangenheit zu entledigen, wurde in dem Dorf Kalyny im Verwaltungsbezirk Transkarpatien die Lenin-Straße in Lennon-Straße umbenannt.

## ANNIE WAY NAMES 4

La Jamais Contente, die niemals Zufriedene, sie nahm sich immer alles heraus, immer alles, aus allen Behältern. Sie sagte sich: Wieso soll ich mich zurückhalten, es wird sowieso nie reichen. Besserwisser lächelte danebenstehend. Shitstorm-louis: Hast du nicht auch das Gefühl, Annie, dass wir immer mehr zu ewigen Kindern werden, so ungestüm? Annie Way schmunzelte. Le Toujours Faim hingegen, der immer Hungrige: Was du nicht sagst. Der ewig sich benachteiligt Fühlende mischte sich ein: Ihr habt recht, ihr habt ja alle immer so recht. Besserwisser schwenkte um auf Unmut. Shitstorm-nora: Dramaking! Annie Way wechselte das Zimmer. Dort wurde sie von Annie Hau gefragt: Annie, are you ok? Annie Wer fragte: Wo warst du? Annie More: Willst du noch etwas zu trinken? Und Annie Sing schließlich sagte: I feel like Annie One. Annie Time. Alle schmunzelten.

## PORNOGRAFISCHE WORTE LALIE 4

Pornolalie, von altgriechisch pórne, dt. unzüchtig und laleô, dt. reden, bezeichnet die lustbetonte Verwendung pornografischer Worte. Sie dient zur individuellen, sowohl eigenen wie partnerbezogenen, Stimulation und Luststeigerung, kann jedoch auch gegen den Willen von Zuhörern, etwa in Form obszöner Anrufe, erfolgen.

## SOLOINSTRUMENT                                      FLIEGE 4

Erst hatte ich nur ein leises Schnauben gehört, später Scharren und Gezerre. In weiterer Folge vernahm ich ein immer stärker anschwellendes Geschiebe, Gewieher und Getümmel. Plötzlich aber, als ob innerhalb einer Sekunde ein ozeangroßes Fass übergelaufen wäre, brach die ganze Herde aus der Koppel aus, stürmte mit dieser unbändigen Energie, bei der alle Erste sein wollen, auf mich zu, galoppierte durch meinen Kopf, der vibrierte wie Millionen Geigensaiten auf einmal, unzählige Hufe trampelten durch mich hindurch mit einer Wucht wie der Tsunami von Lissabon im Jahr 1755 und markierten wie dieser den Beginn einer neuen Zeitrechnung. Als die Überschwemmung zurückgegangen war, der Sound sich in der Ferne verloren hatte und die Stimmung sich wieder zu beruhigen begann, da tauchte wie ein Soloinstrument, das erst dann zu spielen anfängt, wenn das Orchester abgezogen ist, eine lebhafte Fliege auf und schwirrte mit virtuoser Aufgeregtheit um meinen Kopf herum. Als ob sie nur darauf gewartet hätte.

Großflächiger Stromausfall. Wir, die Fobos (Fear Of Being Offline), standen herum wie Wartende, sprachen über anstehende und vergangene Ereignisse, einer ritzte Buchstaben in die Mauer, S. blickte zum Himmel, als ob von dort irgendetwas zu erwarten gewesen wäre, andere vertrieben sich die Zeit mit einem verknitterten Kartenspiel, es war lustig, die Anwesenden wirkten gelöst. Hätte es den Begriff Freizeit nicht gegeben, er hätte für diese Situation erfunden werden können. Und doch ging auch diese Zeit vorbei, die Verbindung zum Internet konnte wiederhergestellt werden, der Flow kam zurück, der Strom der Mitteilungen. Alle Assoziationen, die sich in unseren Köpfen gebildet hatten, konnten wieder sichtbar gemacht werden und jetzt mussten wir auch nicht mehr aus dem Fenster blicken, um zu sehen, wie das Wetter war, denn die Mobiltelefone funktionierten endlich wieder.

**LOKAL** **GELD 4**

Zwei Typen standen vor einem Lokal an einer stark befahrenen Straße. Stundenlang. Einer von ihnen wartete auf einen Mann, der sich angeblich in diesem Lokal aufhielt und von dem er eine beträchtliche Geldsumme erhalten sollte. Eine halbe Million Autos fuhr an ihnen vorbei. Jedes einzelne davon hinterließ einen kleinen, schmutzigen Punkt auf ihrer Kleidung. Ins Lokal hinein durften sie nicht. Dafür waren sie zu jung. So warteten sie noch Stunden vor dem Lokal. Ihre Klamotten waren mittlerweile völlig schwarz. Raus kam nichts.

## UMBENENNUNG 2 (STILL TO COME)                      NEWS 4

Um den ortsnamensmäßig ärgsten Zynismus Mitteleuropas nach mehr als 350 Jahren endlich loszuwerden, wurde der zweite Wiener Gemeindebezirk von Leopoldstadt in Praterstadt umbenannt. Die Bezeichnung Leopoldstadt ging auf das Jahr 1670 zurück, als der habsburgische Kaiser Leopold die Ausweisung der gesamten jüdischen Bevölkerung Wiens aus dem vor den damaligen Stadtmauern gelegenen Gebiet, wo sich nun der zweite Bezirk befindet, anordnete. 1600 Menschen wurden damals gezwungen, die Stadt zu verlassen, die Synagoge wurde abgerissen und aus ihrem Schutt an selber Stelle eine Kirche errichtet, die zur Huldigung des Kaisers einem namensgleichen katholischen Heiligen gewidmet wurde. Dass genau dieser Bezirk, seit Jahrhunderten und bis heute Zentrum des jüdischen Lebens in Wien, derart lange Zeit nach jemandem benannt war, der einst die jüdische Bevölkerung zur Gänze von hier vertrieben hatte, stellte ein empörendes Paradoxon dar, das nun endlich der Vergangenheit angehört. Außer ein paar pensionierten Mitgliedern des Habsburgerclans beschwerte sich niemand über die Namensänderung, ganz im Gegenteil, sie wurde von der Öffentlichkeit mit großer Zustimmung aufgenommen.

Wordsgoby sagte: Wenn es nur so wäre, wenn es nur so wäre. Ron trug versnobtes Zeug vor. Roberta konnte ihre rechte Hand nicht ruhig halten (ständiges Aneinanderreiben von Zeigefinger und Daumen). All Ears spielte mit ihrem Parfumfläschchen. Jackson nahm Tabletten. Ingrid entschuldigte sich. Die Kinder zerschnitten den Vorhang. Carl half Gary beim Tragen eines Sessels. Madeleine hörte unauffällig Musik. Brendan verspürte ein unangenehmes Brennen in der Blase. Jennifer las Matilda vor. Nextdoor grübelte exzessiv. Veronica betastete ihren Hut. Mary sah sich das Basketballspiel an. Nowadays zog einen Overall mit langen gelben Haaren an. Fertilizer besprühte den Teppich mit Wachstumsmittel. Dong aß einen Kuchen. Sunshine rauchte. Hellmood wollte ihre Aufmerksamkeit. Share one stone gab ihm fünf Sterne. Fred a stair saß auf der Treppe. Be on say trank Kräutertee.

Haplolalie, auch Silbenschichtung, von altgriechisch haploũs, dt. einfach und laleô, dt. reden, bezeichnet die Reduzierung zweier gleich oder ähnlich lautender Silben zu einer. Oft zitiertes Beispiel für eine Haplolalie ist die Kürzung von Zauberin zu Zauberin. Und auch wenn die Sprachökonomie im Lauf der Zeit aus einer Fördererin eine Förderin gemacht hat, darf die erste Form nicht als falsch angesehen werden.

## EINKAUFSZENTRUM FLIEGE 5

Belustigt bis verärgert war die Kundschaft im Einkaufszentrum darüber, dass hier kleine, ferngesteuerte Plastikfliegen durch die Luft flogen und kaufanregende Melodien und Sprüche in ihre Ohren trällerten.

## NOMOPHOBIE PHONE 5

Steht für No-Mobile-Phone-Phobie und beschreibt die Angst davor, ohne Mobiltelefon dazustehen und deshalb nicht erreichbar zu sein, beruflich und privat. Mit dem intensiven Gebrauch mobiler technischer Geräte im Alltag haben sich neue Arten von Phobien entwickelt, sogenannte Technophobien. An der Abhängigkeit von Mobilgeräten leiden mittlerweile schon mehr Menschen als an der Abhängigkeit von irgendwelchen anderen Drogen.

## PAPIERGELD GELD 5

Die von Büchern Schwärmenden: Papiergeld wäre ein schöner Titel für ein Buch. Buch ist Papiergeld. Worte sind glamouröse Währung, wertvoller als Geld. Seiten sind Scheine. Kriegst du an keinem Bankomaten.

Der unermesslich reiche König und seine 800-köpfige Entourage mussten den Strandurlaub in Südfrankreich aufgrund heftiger Proteste der lokalen Bevölkerung nach 10 Tagen abbrechen. 150.000 Unterschriften, die gegen die Absperrung des öffentlichen Strandes gesammelt wurden, hatten gereicht.

**TINAR**                                          **NAMES 6**

Galgal (Give a little, get a little) sprach mit Tinwis (This is not what I said) über Kiss (Keep it simple, stupid) und Myob (Mind your own business). Tinar (This is not a recommendation) umarmte Time (Tears in my eyes), der sich später lange mit Tinalo (This is not a legal option) und Bion (Believe it or not) über Ugi (You got it) unterhielt, mit dem sich alle automagically verstanden, während Udum (You don't understand me) sich mit Xab (Excessively annoying behavior) in die Haare geriet, weil der immer so schlecht über Waef (When all else fails) redete. Yafi (You asked for it) und Oosoom (Out of sight, out of mind) wollten noch Sep (Someone else's problem) besuchen, verließen das 2L8 (Too late) und umarmten im Gehen noch den guten alten Hand (Have a nice day).

Egolalie, von altgriechisch egó, dt. Ich und laleô, dt. reden, ist ein unwissenschaftlicher Begriff, der ein Sprechen beschreibt, das die redende Person dazu nutzt, um sich selbst übermäßig bis ausschließlich ins Zentrum des Gesagten zu stellen.

**NETZ**                                                       **FLIEGE 6**

Du hängst an deinem Mobiltelefon und kommst nicht mehr davon los, weil Milliarden investiert und zigtausend der gewieftesten Psycho- und Marketingprofis engagiert wurden, um dich an diesem Ding festzusaugen. Du hast keine Chance gegen die alle. Du bist alleine. Die sind zu viele. Du klebst fest wie die Fliege im Spinnennetz und speist deine gesamten Daten ein, um den Hunger der Spinne zu stillen, für die du nur eine von Milliarden Userfliegen bist und sie weiß umso mehr über dich, je länger du in ihrem Netz hängst und du sprichst immer noch von Unabhängigkeit und tust so, als ob es nicht immer schon unser Job gewesen wäre, uns zu entscheiden, welche Informationen wir an uns heranlassen, welche wir auslassen, über welche wir uns lustig machen und von welchen wir uns verschlingen lassen.

Abneigung gegen Telefonate. Wird als eine Art sozialer Phobie gesehen oder aber auch als Angst vor dem eigenen, übermäßig oft benutzten Mobiltelefon, das mittlerweile fast nur noch zur Übertragung geschriebener Nachrichten und zum Konsum visuell dargestellter Informationen, zu denen ja auch die Schrift zählt, genutzt wird. Dass das Ding dann auch noch spricht und verlangt, dass mit ihm gesprochen wird, setzt viele unter Druck und lässt einen Vergleich mit der Glossophobie zu, der Angst davor, öffentlich zu sprechen, inklusive den damit verbundenen Befürchtungen, kritisiert oder lächerlich gemacht zu werden. Eine Untersuchung unter Bürokräften ergab, dass mehr als die Hälfte von ihnen mit ängstlichen Gedanken konfrontiert war, wenn das Telefon läutete.

**SCHEINE**                                          **GELD 6**

Achtzig unachtsam behandelte Scheine lagen am Fuße des Bildes der Wolken, die aus Wasser bestanden, das vor der Küste von Massachusetts nach oben gedampft war und nun auf Mitteleuropa fiel. Die Versorgung der herandrängenden Zukunft verspätete sich, Tropfen für Tropfen. Skylar hob die Scheine schnell auf und verschwand. Zählte später.

Nach 15 Minuten wurde die Protestkundgebung gegen den Präsidenten gewaltsam beendet. 46 Demonstrierende wurden verhaftet und zu Freiheitsentzug von jeweils einem Jahr verurteilt. Einige Wochen später wurde die Strafe vom Gericht in eine Geldstrafe umgewandelt, die allerdings dermaßen hoch war, dass sie die finanziellen Kapazitäten der Inhaftierten und ihrer Familien bei weitem überstieg. Womit das Regime nicht gerechnet hatte, war die unmittelbar darauf gestartete Solidarisierungsaktion, die öffentlich zum Sammeln von Geld aufrief und innerhalb von 3 Wochen genügend Mittel zusammenbrachte, um all jene, die eingesperrt worden waren, wieder in Freiheit setzen zu können.

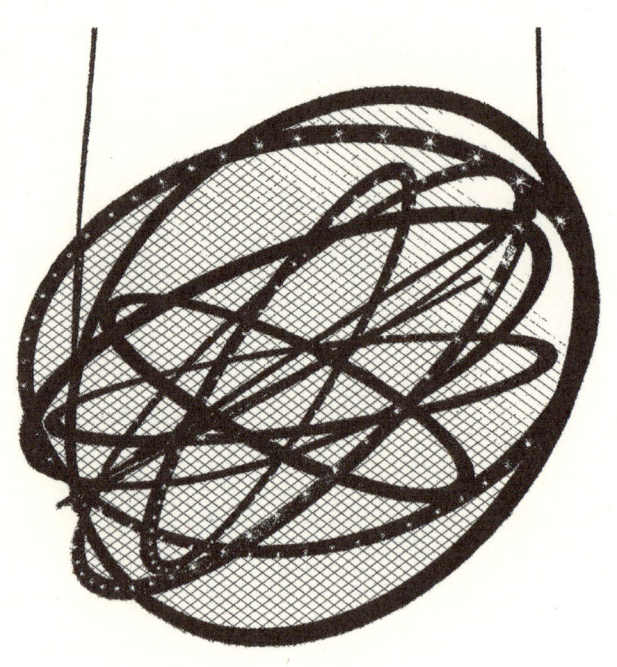

# GEFESSELTE PERSONEN

*Fast immer sind die Gedanken schneller*
*als die Augen und verfälschen das Bild.*
Marlen Haushofer, »Die Wand«

Vom Ufer aus hatten sie beobachtet, wie das Wasser in Fetzen von der Oberfläche fortgerissen wurde. Bis in 3, 4 Meter Höhe war nur ein tosender Gischtnebel zu erkennen. Die Yacht war trotz Sturmwarnung in See gestochen und binnen Kürze in ein unglaublich heftiges Unwetter geraten. Schon eine Viertelstunde nach der Abfahrt war alles völlig durchnässt, die Crew durchgeschüttelt und ihre Mägen in übelstem Zustand. Anfangs 7, später 9, in Böen 10 Windstärken aus Nordwest, 12 Grad Celsius Wasser- und Lufttemperatur. Ultragefährlich jene himmelhohen Wogenkämme, die mit ca. 10 Meter langen Rundhölzern gespickt waren, die ein Holzfrachter verloren hatte. Verschärfung. Immer wieder schoss die Yacht meterweit über die Brecher hinaus und klatschte mit einem derart heftigen Knall in die Wellentäler, dass ihnen allen jedes Mal das Herz stehenzubleiben drohte. Mit jeder zweiten See waren Deck und Cockpit vollständig überschwemmt. Der Steuermann war an der Reling festgebunden, weil ihn jede Flut von Bord zu reißen drohte. Die im Cockpit Verbliebenen steckten bis zum Hals im Wasser und beobachteten durch ein kleines Fenster, ob er sich noch an seinem Platz halten konnte. Von jeder dritten oder vierten Welle wurde das Boot von 18 auf 5 Knoten abgebremst, das Deck wippte wie ein Trampolin. Niemand kam auf die Idee umzukehren.

## ALS DER STURM VORÜBER WAR

Und die verletzten Gliedmaßen,
Das zerstörte Haus
Und das zerbeulte Auto
Wieder zusammengeflickt,

Die Schlange aus der Blumenvase,
Die Ratte aus dem Katzenkorb
Und der Schlamm aus dem Kochtopf
Entfernt worden waren,

Begannen sie ihr Leben wieder fortzusetzen.
Verunsichert wie sie waren.


## GEFESSELTE PERSONEN

Bei all den Aufregungen, mit denen wir uns tagtäglich herumzuschlagen haben, vergessen wir meist völlig darauf, dass sich in den Kofferräumen zahlreicher Fahrzeuge noch immer gefesselte Personen befinden, denen niemand hilft.


## DÜRFEN

Seit einigen Jahren schon hören wir alle möglichen Leute sagen, wie sehr sie sich darüber freuen, dass sie an dieser Veranstaltung teilnehmen dürfen, diese oder jenen kennenlernen durften und überhaupt ständig etwas tun dürfen. Die Frage ist, wer hat diesen Leuten erlaubt oder verboten, dies oder jenes zu dürfen? Oder sind die alle jetzt aufgrund eines vorübergehenden populistischen Trends überdevot geworden?

## DENEN

Wenn du denen, die etwas zu sagen haben, sagst, dass das, was sie zu sagen haben, nichtssagend ist, dann sagen sie: Das sagst du!

## SCHWEDEN

In Schweden war es in den 1960ern zur allgemeinen Gewohnheit geworden, sich zu duzen. Die bis dahin in der Sprache manifest gewordenen sozialen Hierarchien standen im Gegensatz zum fortschrittlichen Wohlfahrtsstaat und sollten aufgelöst werden. Innerhalb der sozialistischen Arbeiterpartei, die zu jener Zeit den gesellschaftlichen Aufschwung vorantrieb, war es schon in den dreißiger Jahren üblich gewesen, miteinander per du zu sein. Die Bevölkerung empfand die Du-Reform befreiend, als alltäglich praktiziertes sprachliches Symbol von Demokratisierung und Zusammenhalt. Großen Ärger verursachte deshalb zu Ende der Zehnerjahre des darauffolgenden Jahrhunderts die Unsitte vieler Jugendlicher und junger Erwachsener, aus gutgemeinter Nettigkeit wieder das Sie zu verwenden. In Restaurants oder Geschäften, auf der Straße und in der Straßenbahn wurden überraschte Leute plötzlich wieder gesiezt. Als Antwort erhielten die neuen Netten von den ungewollt Gesiezten flächendeckend Folgendes zu hören: Ich bin nicht per Sie mit dir.

## DAS ZUVORKOMMENDE

Wir hatten Opium geraucht. Zwei Tage später sprachen wir immer noch rückwärts. Zumindest kam es uns so vor. Es kam uns so vor, so zuvor, das Zuvorkommende hat echt Spaß gemacht. Wenn auch rückwärts.

## DINGE

Wir saßen auf dem Boden und sahen die erstaunlichsten Dinge. Kabel, Tisch, Decke, Polster, Schuh, Flaschenverschluss. Noch nie zuvor hatten wir einen Flaschenverschluss gesehen.

## ZUSTIMMEN

Live gesprochene Stimmen sind ungenau.
Stimmst du mir zu?
Stimmt deine elektronische Stimme mir zu?
Nichts stimmt mir zu.

Ich meine: Nichts sagt mir zu.
Ich meine:
Niemand sagt zu mir: Stimmt.

## ANERKENNUNG

Bei der Wahl zur beeindruckendsten Influencerin haben wir
echte Tränen geweint heute, echt, es war so bewegend, so
mega, es ging uns wirklich nahe. Es war so berührend, all
diese Gefühle zu spüren, dieses Engagement für die Com-
munity, das Schminken, das Gespür für die gelungene Zu-
sammenstellung der Farben der Kleider der Käuferinnen
der Sachen. Es war einfach überwältigend, all diese Emotio-
nen erleben zu dürfen, dieses Glück. Wir wollen einfach nur,
dass wir glücklich sind, also ich meine, dass ihr glücklich
seid, also ich meine, dass wir einfach alle glücklich sind, also
alle irgendwann glücklich werden könnten. Sicher werden
wir glücklich sein irgendwann. Davon bin ich wirklich überzeugt. Das wird schön. So nice. Es kommt einfach Anerkennung hoch zehn, Anerkennung vom Bildschirm, von euch
allen hier, ich meine uns allen, das ist es, was uns allen gemeinsam ist, die Lust an der Anerkennung, nichts ist schöner
für uns als die Anerkennung, allein sind wir alle zuhause
und wünschen uns Anerkennung und zu unserem Glück
haben wir alle ein Display, haben diese Verbindung zueinander, und gemeinsam ist uns dieses Bedürfnis nach Anerkennung und Verbundenheit und dieses Bedürfnis lässt uns
noch gemeinsamer werden, verbindet uns alle und es fällt

uns immer schwerer, uns wirklich einsam zu fühlen, weil wir doch alle so stark miteinander verbunden sind. Es genügen schon zwei oder drei Klicks und wir sind verbunden, und das ist das Schöne, dass wir heute alle hier zusammen sein dürfen und dieses Gefühl der Gemeinsamkeit voll genießen können. Wir sind nicht allein, wir sind viele, wir sind verbunden, wir sind beeindruckend, wir alle und wenn auch manche von euch manchmal das Gefühl haben, benachteiligt worden zu sein, übergangen oder gemobbt, was soll's, freuen wir uns doch lieber über das, was uns verbindet, was uns gemeinsam stark macht. Aber jetzt entschuldigt mich bitte. Ich muss raus. Mir ist schlecht.

## AHNUNG

Eine von euch wird schon wissen,
Wie es läuft,
Sagte eine von uns zu einer von euch,
Nicht wissend,
Dass ihr alle genauso wenig Ahnung hattet wie wir.

## RÜCKGABEFRIST

So standen sie vor uns. Drei Leute in Fitnessklamotten, hautengen, silbrig glänzenden Trikots und kurzen Hosen. Sie zitterten. Ihre Beine, ihre Arme, ihre Finger, ihre Haare, alles an ihnen zitterte, nichts an ihnen bewegte sich nicht. Die drei standen jeweils auf einer Vibrationsplatte, einem Fitnessgerät, das laut Angaben des Herstellers 20 andere Fitnessgeräte ersetzen konnte und 94 Prozent der Muskeln des Körpers zu trainieren imstande war. Ausreichend Gründe für die drei Geschüttelten, sich auf die in 18 Stufen einstellbare Unterlage zu begeben und sich durchrütteln zu lassen. Bis zum Ende der Rückgabefrist.

## LEIDENSCHAFT

Sie legten großen Wert
Auf das Aussehen ihrer selbst.
Und hofften voller Leidenschaft,
Dass es wem gefällt.

## HOLZWIRTSCHAFT

Am Rande des Empfangs der Holzwirtschaft sagte der Umweltminister in die Kameras: In einer Sekunde wachsen in unserem Land 40 Kubikmeter Holz. Das in dieser Aussage Geschilderte erfasste Teile des Publikums wie ein wildgewordener Trickfilm im Zeitraffer. Äste wuchsen aus ihren Körpern, Blätter sprießten wie Haare, Wurzeln umwanden die Beine, manche blieben an Türen oder in Unterführungen hängen, verletzten sich und verfluchten die blühende Natur.

## CIPURA

Plötzlich, einen Meter unter mir, war dieser Fisch, sein Körper oval und flach, ungefähr 40 Zentimeter lang, die Rückenflosse gegabelt, eine Dorade, in Griechenland und der Türkei auch Cipura genannt. Wir schwammen im selben Tempo in dieselbe Richtung, ich mit Plastikflossen paddelnd, die Dorade mit ihrer Schwanzflosse wedelnd. Was mich irritierte, war der Umstand, dass ich mich horizontal, der Fisch sich aber vertikal durch das Wasser bewegte, meine Flossen von oben nach unten schwangen, die Rückenflosse des Fisches hingegen von links nach rechts. Ungeachtet dieses Fortbewegungskontrasts zogen wir mit unseren verschiedenartigen Körpern weiter durch das ständig sich hebende und senkende Meerwasser. Doraden sind zweigeschlechtlich. Sie werden als Männchen geschlechtsreif und wandeln sich im Alter von zwei bis drei Jahren, wenn sie etwa dreißig Zentimeter lang sind, in Weibchen um. Die Wissenschaft bezeichnet sie als sequentielle Hermaphroditen.


## FISCHE

Die Fähre fährt über das Meer
Kreuzfahrtschiffe kreuz und quer
Motorboote hinterher
Die Fische im Wasser beschweren sich sehr
Stumm

## NASHÖRNER

Sie töteten die Nashörner, sägten ihre Hörner ab und ver-
kauften diese an den meistbietenden Zwischenhändler. Das
Verhängnis für die Rhinozerosse war, dass ihr Horn als
Aphrodisiakum angesehen wurde, als Potenzmittel, und zwar
wegen ihrer außergewöhnlich langen, bis zu einenhalb Stunden dauernden Paarung. Weil einige Leute in Asien dem
schwachsinnigen Aberglauben anhingen, dass die Potenz in
ihrem Horn konzentriert sei und dafür höhere Grammpreise
als für Gold zahlten, mussten viele Nashörner eines unsinni-
gen Todes sterben. Das Horn besteht aus keinem anderen
Material als Haare oder Fingernägel. Außerdem würde es
innerhalb weniger Wochen wieder nachwachsen.

## KRÄHEN

Gegenüber hocken Krähen
Und sehen mich an
Als ob ich sie verstehen könnte
Kann ich aber nicht

## SIEHT LEICHTER AUS ALS ES IST

Wenn während der Sportübertragungen immer wieder die
Formulierung kommt »Sieht leichter aus als es ist«, zum
Beispiel bei einem gelungenen Schlag in einem Tennisspiel,

wird mit diesem kleinen Satz ganz salopp nichts Geringeres als das offen vor uns liegende Drama der menschlichen Existenz auf den Punkt gebracht.

## GEHSTEIG

Als ob starker Gegenwind ihn daran hindern würde, vorwärtszukommen, als würde es stürmen und schneien, als wäre der Boden tief und matschig, so bewegte sich der schlaksige Einundzwanzigjährige letzten Sommer über den Gehsteig, der an unserem Hochhaus vorbeiführt. Jede Nacht. Er war betrunken, er schwankte von einer Seite des Gehsteigs zur anderen, er wirkte so erschöpft, als hätte er soeben eine gigantische Wüste durchquert. Er saugte an einer beinahe abgebrannten Zigarette, ständig war die Zigarette beinahe abgebrannt. Um halb zwei kam er am Hochhaus vorbei. Jede Nacht. Noch immer frage ich mich, wo er herkam. Noch nie sah ich jemanden so oft so langsam gehen.

## BLICK DER NACHBARN

Der beiläufige Blick der Nachbarn war an ihm hängengeblieben. Während die Nachbarn aber längst schon wieder auf ihre Teller starrten, auf denen all das Zeug lag, das sie zu sich nahmen und anschließend mit durch ihr Leben schleppten, war er selbst indessen weitergezogen, das Runtergeschluckte hinter sich lassend.

## 107208

In gewissen Momenten ist es den Leuten anzumerken, dass sie sich auf einem Planeten befinden, der mit 107.208 Kilometern pro Stunde durch das Nichts donnert.

## EINS

Immer fängt es vorne an. Immer steht die Eins am Anfang. Könnt ihr nicht mal abseits davon anfangen? Weiter hinten oder weiter vorne, vor der Eins oder nach dem Ende? Von mir aus auch mittendrin. Aber immer fangt ihr vorne an. Immer mit der Eins. Nicht mal die Uhr ist so stupid. Fangt doch mal woanders an.

## NULL

Sie konnten den leeren Platz nicht länger unbenannt lassen, fanden keinen Weg mehr, eine Stelle ohne Wert als Lücke darzustellen, mussten etwas hinschreiben an die Position, die weder positiv noch negativ ist und haben deshalb die Zahl Null erfunden. Seit dem 7. Jahrhundert findet sich in Inschriften ein Punkt oder ein Kreis als Symbol für die Leere (śūnya), wie in Indien spätestens seit dem 5. Jahrhundert die Null genannt wurde.

## INNERE KÄLTE

Es war übernatürlich heiß. Die Außentemperatur lag bei 42 Grad. Auf der Straße hatten sich langgezogene Schwellen gebildet, die Straße war also im wahrsten Sinn des Wortes angeschwollen. Als sie auf eine dieser Schwellen traten, merkten sie allerdings, dass die Straße flach war wie immer, sie sich die Bodenschwellen also nur eingebildet hatten, folglich nur ihre optische Wahrnehmung angeschwollen war, die Straße nicht. Sie stiegen in das Auto, das sie in die nächste Stadt bringen sollte. Der Fahrer kühlte den Innenraum des Fahrzeugs auf 15 Grad runter. Sie zogen Jacken an, um die kühle Temperatur ertragen zu können. Als der Fahrer merkte, dass ihnen nicht mehr kalt war, ging er auf 10 Grad. Mithilfe zusätzlicher Kleidung schafften sie es, sich auch an diese Temperatur zu gewöhnen. Der Fahrer ließ nun das Thermometer auf 5 Grad unter null sinken. Als sie in der nächsten Stadt ankamen, war das Wasser in ihren Trinkflaschen gefroren. Taute nach dem Aussteigen aber binnen Kürze wieder auf.

## BRENNENDER BAUM

Spät in der Nacht. Sie stand auf ihrem Balkon und rauchte einen Spliff. Die Hitze war immer noch drückend. Mit Schwung schnippte sie den glühenden Rest ihres kleinen Joints in die heiße Nachtluft und verfolgte den roten Punkt, der in weitem Bogen aus dem 3. Stock Richtung Asphalt flog, diesen aber nicht erreichte, sondern im Geäst des dürren Baumes hängenblieb, der auf einem kleinen umzäunten Stück Erde am Rand des gegenüberliegenden Gehsteigs stand. Sie wartete vergeblich darauf, dass der Stummel sich durch das Blätterwerk arbeiten und zu Boden fallen würde. Umsonst. Der weggeschossene Rest des kleinen Joints war hängengeblieben und tauchte nicht mehr auf. Sie starrte auf den Baum. Plötzlich eine Flamme an der Stelle, an der ihr Spliffrest hängengeblieben war. Binnen Kürze fraß das Feuer sich durch das gesamte Geäst, alles brannte lichterloh, Zweig und Blatt. Sie roch den Rauch und spürte die aufsteigende Hitze. Als die Feuerwehr anrückte, wurde die ganze Straße von den rotierenden Lichtern der Einsatzwägen in ein wild blinkendes, intensives Blau getaucht, das im wirkungsvollen Kontrast zum Orange der Flammen stand. Als sie das kühle Löschwasser auf den brennenden Baum niederprasseln sah, breitete sich abkühlende Erleichterung in ihr aus.

## SCHLIMMER

Ausweis verloren
Zahn verloren
Job verloren
Orientierung verloren
Schlimmer kommen kann es immer

## HUBSCHRAUBER

Bela Wusekewitsch hatte sich soeben die seit 7 Jahren nicht mehr geschnittenen Haare gewaschen. Er stand am Balkon, um sie in der lauen Abendluft trocknen zu lassen. Zur selben Zeit startete in der Nähe ein 11-Jähriger seinen ferngesteuerten Hubschrauber. Es dauerte nicht lange, bis er ihn aus den Augen verlor. Die Rotorblätter verfingen sich in Belas langen Haaren, der unbeabsichtigt Angegriffene versuchte das außer Kontrolle geratene Fluggerät abzuschütteln. Es kam zu einem heftigen Kampf Mensch gegen Maschine, nichts half. Das Aufeinandertreffen der grundverschiedenen Gegenspieler Haare und Hubschrauber endete nach einem kurzen und intensiven Handgemenge zum Glück aber ohne bleibende Schäden.

## FEHLER

Wir werden wieder Fehler machen.
Obwohl wir schon so viele gemacht haben,
Dieselben schon oft wiederholt haben,
Und, wie es heißt, aus Fehlern gelernt haben.
Obwohl es enttäuschend ist, frustrierend,
Entmutigend und schockierend,
Ist es aber auch so klar,
Und geradezu selbstverständlich,
Unausweichlich, unvermeidlich,
Und verzeihlich:
Wir werden wieder Fehler machen.

## DELIR

Fünfzig bis achtzig Prozent der Behandelten erleiden auf Intensivstationen ein Delir, einen akuten Verwirrungszustand, eine massive Dysfunktion, die darauf zurückzuführen ist, dass das Gehirn von Narkosemitteln, Schmerzbotenstoffen und Entzündungsmolekülen überflutet wird. Wirklichkeit und Fiktion können nicht mehr voneinander unterschieden werden. Oft sind es albtraumartige Szenen, die sich vor dem inneren Auge der Betroffenen abspielen. Sie sehen riesige Tiere oder böse Menschen an ihrem Krankenbett, die Kabel an der Wand beginnen zu leben und kringeln sich wie Schlangen durchs Krankenzimmer, Ameisen laufen über die Zimmerdecke, die Arzthandschuhe auf dem Beistelltisch werden lebendig, der nebenan liegende Wäschestapel wird zu einem alles überwachenden Spion.

## LEBENSERWARTUNG

Haus Arbeit Auto
Aussteigen als Zwischendurchbeschäftigung
Was haben wir uns nicht alles von der Lebenserwartung
erwartet
Und die ganzen Probleme können wir ja in einen Sack
werfen
Nennen wir ihn Müllsack
Der Inhalt seiner Existenz ist das Weggeworfene
Der Müllsinn

Jetzt ist aber nicht mal mehr das weg
Was wir in den Müll geworfen haben
Weil die Trash Can jetzt ein eigener Ordner ist
Weil der Müll eine dauerhafte
Und kultivierte Angelegenheit geworden ist
Und mit den immer größer werdenden
Und nicht zum Verschwinden zu bringenden
Müllmengen
Stellt sich mit zunehmender Dringlichkeit die Frage:
Wie was restlos loswerden?


## NICHTS FERTIG

Was die Leute am gröbsten enttäuschte, in Ungeduld, Raserei und immer wiederkehrende Unzufriedenheit stürzte, sie
richtiggehend fertigmachte: Dass nichts jemals fertig war.
Bis zum Schluss.


## NEUGEBORENE

Alte, vor sich hin sinnierend: Nicht, dass wir gern so dumm
wären wie Neugeborene, uninformiert über alles, keine
Ahnung von nichts. Aber doch wollen wir nicht mehr alles
wissen, vieles lieber nicht mitbekommen, manche nicht kennenlernen, Informationen durch die Finger gleiten lassen
wie fließendes Leitungswasser. Auch wenn wir nicht so
dumm werden wollen wie Neugeborene.

## ALTE LEUTE

Wenn du sie mal fragst:
Was habt ihr so gemacht?
Früher mehr als heute!
Sagen diese Leute.
Wenn du sie fragst: Wie ist es heute?
Und sie sagen: Eher hässlich!
Dann wird's wohl daran liegen:
Alte Leute sind vergesslich.


## SECOND HAND

Der Boomer: Wie auf einem Flohmarkt lebe ich, umgeben von alten Dingen, alten Häusern, alten Bekannten, alten Schuhen und alten Ansichten. Mich ruiniert dieses alte, gebrauchte Zeug um mich herum, macht mich selbst alt. Als wäre ich selbst ein Flohmarktartikel, so Second Hand.


## RECHTSHÄNDIGE

Rechtshändige, ihr beherrscht die Welt. Oder weshalb sonst wird es als Beleidigung aufgefasst, wenn jemand zum Händeschütteln die linke verwendet?

## UMSTELLUNG

Die sich äußerst schleppend durchsetzende Einsicht in die Tatsache, dass nichts vorherbestimmt war, bedeutete eine massive Umstellung für große Teile der Bevölkerung. Gebete, Horoskope, Kausalketten, abergläubisches Verhalten und die Bezugnahme auf dubiose Dinge wie Schicksal waren Produkte weitverbreiteter religionsartiger Überlegungen, schafften Bezüge zu übergeordneten Instanzen, die gar nicht existierten und setzten weite Teile der Bevölkerung unter enormen Druck. Bis dieser Unfug aus dem Alltag verschwindet, wird noch eine Ewigkeit vergehen.

## MIKROREALITÄTEN

Sich wiederholende Gedankengänge, Überlegungen und aus diesen sich ableitende Verhaltensweisen sind nichts anderes als die Folge häufig benutzter Neuronenverbindungen. In jedem Gehirn gibt es 100 Milliarden Nervenzellen, Neurone, die durch elektrische Impulse ständig neu aktiviert und konfiguriert werden. Häufig gebrauchte Verbindungen bleiben bestehen, ungenutzte lösen sich auf, d.h. sogenannte psychische Verfasstheiten sind eigentlich physische, weil die im Gehirn hergestellten neuronalen Verbindungen ein körperliches Phänomen sind, wir es also mit stofflichen Mikrorealitäten zu tun haben. Von Geburt an wird durch das Herstellen derartiger Verknüpfungen der Stil des Gehirns organisiert, die Art und Weise, wie es funktioniert, tickt und klickt. Durch unsere Entscheidungen designen wir unser Gehirn also selbst.

## FORTSCHRITT

Gedanken lösen im Körper Reaktionen aus, wir reagieren auf die Welt und die Welt auf uns. Der Standard, der aus der Summe aller Informationen zusammengebaut ist, stimmt nicht, aber er bestimmt den Level des Austausches zwischen allen am Austausch Beteiligten. Warum der Standard nicht stimmt? Weil er von volkstümlichen Erfahrungen, von Klischees ausgeht, weil er dem Prinzip der Verwertbarkeit folgt. Und damit alle, die diesem Prinzip nicht folgen, auf eine niedrigere Stufe stellt. Die Erniedrigten aber stehen auf gar keiner Stufe, sie haben Flügel und können fliegen, sie können die Oberhäupter aus den Sätteln werfen mit einem kleinen Schubs. Wenn der Rahmen, dem die Wege der Kommunikation und des Handelns folgen, zusammengebrochen ist, wird sich ein großes Raunen erheben, die Nerven werden aufs Äußerste angespannt sein. Kann Fortschritt immer nur unter Stress passieren?

## WISSEN

Willst du wissen, wie es in der Regierung läuft
Frag nicht die Kanzlerin

Hast du dich verlaufen
Frag keine Einheimischen

Wenn du wissen willst, wie es um deine Familie bestellt ist
Frag nicht deinen Bruder

Hast du den Faden verloren
Frag nicht den Schneider

Wenn du wissen willst, wie es an der Küste ist
Fahr hin


## TAGELANG

Du bewegst dich zwischen Punkten, die unbekannte Namen tragen, bist beeindruckt davon, wie einfach der Weg zu bewältigen ist, wie leicht und lustig. Und vorher dachtest du tagelang darüber nach, wie anstrengend diese Reise werden würde. Und dabei war das Anstrengende daran doch nur deine eigene Anspannung. Jetzt lachst du über dich selbst und deine im Nachhinein völlig überflüssig und übertrieben wirkende Kompliziertheit. Und niemand lacht mit.

## ÜBEL

Wenn du hinten im Auto mitfährst und ein Buch liest, denken die Augen, dass die Welt sich nicht bewegt. Aber das Innenohr fühlt eine kurvige Straße. Und dir wird übel. Umgekehrt glauben unsere Augen, wenn wir auf einer virtuellen Achterbahn unterwegs sind, dass wir uns bewegen, während dem Innenohr klar ist: In Wirklichkeit stehen wir still. Und wieder wird uns übel.

## ATEM

Der Strom der Atemluft gleitet unaufhörlich und unhörbar, unermüdlich und unauffällig mit erstaunlicher Ausdauer und Regelmäßigkeit durch Nase und Hals, während der in die Station einfahrende U-Bahn-Zug, die in der Tunnelröhre befindliche Luft vor sich herschiebend, einen kurzen orkanartigen Sturm am Bahnsteig auslöst.

## FRAGE

Wenn ihr nicht weg wärt, sondern hier, wenn ihr gefragt worden wärt und nicht übergangen, wie hättet ihr auf die folgende Frage geantwortet: Hat die Regelmäßigkeit euch gutgetan oder hat sie euch geschadet?

## FLAIR

Sie liefen durch die Straßen, fühlten sich, als wären sie in
einer Art Disneyland, in einer künstlichen Welt, als hätte
sich ein artifizielles Flair über diese Stadt ausgebreitet, als
wäre hier eine Vorstellung von der Welt realisiert worden,
die in ihrer Perfektion irreal war, eine Projektion, ein naiver
Traum. So zeigt sich das Leben manchmal als schöne Idee,
die zu erreichen größte Befriedigung verspricht und erst am
Weg zur Realisierung dieser Vorstellung stellt sich heraus,
wie beschwerlich und kompliziert das Erreichen des verhei-
ßungsvollen Ziels doch sein kann.


## BILDER

Sobald wir bewegte Bilder sehen, auf Bildschirmen, Moni-
toren, Displays, egal wo, können wir nichts anderes als: hin-
sehen. Die Umgebung um uns herum vernachlässigen wir.
Die Bilder aus den Illusionsapparaten verlocken, dominieren,
informieren, desinformieren, verzerren und verwirren, lassen
uns nicht mehr los. Die zurückgebliebene Realität bleibt
blass und grau. Kommt aber jedes Mal schnell zurück in Rie-
senschritten.

## SCHÖN

Es ist nicht schön hier. Auch wenn jemand kommen würde, um ein Foto zu machen, auf dem alles hier schön aussieht, ein sogenanntes wirklich schönes Foto, es würde deshalb doch nicht schöner werden hier. Es könnte aufgrund des schönen Fotos zwar der Eindruck entstehen, dass es hier tatsächlich schön ist, es könnte in einzelnen Fällen sogar dazu führen, dass Menschen, die dieses Foto gesehen haben, sich aufmachen, um hierher zu kommen. Und einige von ihnen würden es hier wirklich so schön finden, dass sie sich entschließen, sich hier niederzulassen, weil es hier so schön ist und irgendwann, wir wissen wirklich nicht, wann es so weit sein wird, aber irgendwann, wenn sie lange genug hier gewesen sein werden, um dies aus voller Überzeugung sagen zu können, dann werden wir sie diesen einen Satz sagen hören: Es ist nicht schön hier.

## OKTOBERFEST

Sie versammeln sich an tausenden Holztischen, trinken aus tönernen Bierkrügen, die sie heftig aneinander krachen lassen, stampfen rhythmisch auf den Boden, klatschen in die Hände und brüllen in tausend Chören, wie sehr sie sich darüber freuen, dass der Herr Gott genau diesen Flecken Erde zum schönsten von allen gemacht hat. Die Sicherheitskräfte kontrollieren die Besucherströme und gestatten keinen Fehltritt. Wenn dann doch jemand danebensteigt: Die ganze

Strenge. 1919 waren die faschistischen Freikorps in Bayern einmarschiert und hatten der sozialistischen Räterepublik ein brutales Ende gemacht. Seitdem herrschen hier Ordnung und Gemütlichkeit in furchterregenden Ausmaßen. Aus der ganzen reichen Welt kommen Touristen, um darüber zu staunen, dass dermaßen viel Chauvinismus auf derart kleinem Raum überhaupt möglich ist.

## WIENER POMP

Wäre ich aus Südkorea oder Washington, ich würde wahrscheinlich auch diese alten Wiener Häuser abfotografieren, diesen miefigen, barocken Pomp, die parfümierten Perücken und die ranzigen Trachtenhüte und würde mich fragen: mit welch Unmengen an Schnickschnack sich die Leute, die hier leben, tagtäglich umgeben. Sind die nicht dauernd genervt? (Oh ja, sind sie!)

## VERORTEN

So wie anderen Leuten andere Orte auf die Nerven gehen, so geht dieser Ort hier jetzt mir auf die Nerven. Das ist das Problem von Orten: Sie beginnen dir irgendwann unheimlich auf die Nerven zu gehen. Und stell dir vor, sie verorten dich dann auch noch an einem dieser Orte, verdonnern dich gleichsam dazu, mit diesem Ort verbunden zu sein. Oh nein! Diese Orte, dieses Verorten. Was könnte schlimmer sein?

## NORMCORE

Früher wurden Menschen in Gemeinschaften hineingeboren und mussten ihre Individualität finden. Heute werden Menschen als Individuen geboren und müssen ihre Gemeinschaft finden. Alle sind so gut miteinander vernetzt, dass Trends in Windeseile zur Gruppenbildung führen und schließlich zu einer Massenbewegung werden. Wer versucht, anders zu sein, scheitert. Wer hingegen bewusst versucht, gleich zu sein, wendet sich von der dem Individualismus hinterherhechelnden Masse ab und findet zur eigentlichen Coolness. Das ist Normcore. Normcore reagiert auf die Inflation der Andersartigkeit bei gleichzeitiger Sehnsucht nach dem persönlichen Mittelmaß. Normcore heißt, auf die Freiheit zu verzichten, jemand zu werden. Normcore bewegt sich weg von der Absicht, sich von anderen zu unterscheiden, hin zu einer Post-Originalität, in der die Gleichheit erstrebenswert ist.

## DIE ABGELENKTEN

Wenn sie ein Ziel ausgemacht hatten und begannen, sich ihm zu nähern, war auch schon die Ablenkung da, sei es in Form einer Person, einer Nachricht oder einem anderen Ereignis auf irgendeinem Display, das sie vom Weg abbrachte und ihr Vorankommen verzögerte. Die Ablenkung wurde mittlerweile allerdings dermaßen geschätzt, dass sie bald zur Lieblingsbeschäftigung wurde. Die Abgelenkten propagierten den Slogan: Der Umweg ist das Ziel. Nach weiteren ausführlichen Diskussionen über die Frage von Ziel, Weg und Standpunkt stellte Kerry am Ende unverblümt fest: Das Ziel ist im Weg.

## MAULWURF

Das Geräusch eines vom Erstickungstod bedrohten kleinen Tierchens, dieses erbarmungswürdige Brummen, von dem das Mobiltelefon erfasst wurde, wenn es auf lautlos gestellt war und jemand anrief. Das Ding vibrierte wie ein Maulwurf kurz vor seinem tragischen Ende und fühlte sich dermaßen mitleidserregend an, dass das Gespräch so schnell wie möglich angenommen werden musste.

## VOLUMEN

Es ist immer noch Volumen da, keine Ahnung, wann das monatliche Volumen endlich aufgebraucht sein wird, ich weiß es nicht, mich wundert nur, dass immer noch so viel da ist und ich doch die ganze Zeit runterknabbere von diesem verdammten Volumen, oh du mein Datenvolumen, du wirst nicht weniger, auch wenn meine Zeit im Internet immer länger wird, immer weniger Zeit für andere Dinge bleibt, weil ich immer mehr Zeit mit dir verbringe. Und trotzdem wird das Datenvolumen nicht weniger, und dabei möchte ich doch so gerne sehen, wie das Datenvolumen weniger wird, ich möchte es erleben, fühlen, spüren, wie das

Datenvolumen knapp wird, damit ich dann schnell noch die letzten, die entscheidenden Dinge machen kann, bevor es aufgebraucht ist, das Volumen. Doch das bleibt nur ein Traum, eine unerfüllte Hoffnung, denn es wird einfach nicht weniger, so viel ich auch davon runtersauge, so sehr ich mich auch bemühe, dich aufzubrauchen, du unerschöpfliches Datenvolumen, es hilft alles nichts, ich zerbreche an dir wie Glas unter einer Walze aus Stein, es knirscht, es knarzt, ich werde zersplittert und überrollt von dir, unnachgiebiges Datenvolumen und du, du wirst nicht weniger. Ich aber werde nicht aufgeben, dich minimieren zu wollen. Denn auch ich will wieder mal ein neues Datenvolumen kaufen. Nicht immer nur die anderen.

## TICKEN

Wir tippen wie wir ticken
Unser Rhythmus der ist weird
Wir haben in das Tippen
Alles investiert
Wir tippen und wir ticken
Wir ticken ziemlich schnell
Wir tippen und wir ticken
Sehr professionell
Wir ticken wie die Bombe
Die niemals explodiert
Wir ticken und wir tippen
Und irgendwer kassiert

## INTERNET

Die anfängliche Begeisterung für das Internet als herrschafts-
freie Zone, die niemandem gehört, in der ein megademo-
kratischer Austausch an Informationen, Positionen und
Meinungen ohne Autoritäten und Vorschriften möglich ist,
ist mittlerweile der traurigen Erkenntnis gewichen, dass das
Internet dominiert und versaut ist von der kommerziellen
Ausbeutung durch einige wenige, von keiner politischen
oder demokratischen Instanz legitimierte Konzerne. Die
Teilnahme am Internet bedeutet Totalüberwachung, jeder
Buchstabe, der hier eingetippt wird, ist registriert, archiviert
und wird uns bei Bedarf ins Verderben stürzen. Bekanntlich
wurde das Internet von Leuten entwickelt, die für das US-
amerikanische Verteidigungsministerium gearbeitet haben.
Und so sind wir nun, nach der anfänglichen Aussicht auf
ein produktives, global vernetztes Kollektiv, wieder nichts
anderes als Kundschaft, noch dazu eine Kundschaft, die sich
der militärisch operierenden Trias aus Überwachung, Ausbeutung und Entertainment unterworfen hat. Und dabei
wollten wir doch nie etwas mit dem Militär zu tun haben.


## ANTENNEN

Seine Augen können scannen
Seine Haare sind Antennen
Und er sendet was er sieht
In das feindliche Gebiet

Damit auch in diesen Ländern
Sich gewisse Dinge ändern
Und die Cowboys machen Analyse
Werfen alles ins Gemüse
Stehen träge hinterm Tresen
So als wäre nichts gewesen
Denn sie wissen lange schon
Alles Desinformation

## NETZEXISTENZ

Die NSA in den USA, die PLA-Einheit 61398 der chinesischen Volksbefreiungsarmee, die russischen Hackergruppen Fancy Bear (APT28) und Cozy Bear (APT29) und wie sie alle heißen, ihre Strategie des »Reflexive Control« zielt darauf ab, bestimmte Zielpersonen oder ganze Bevölkerungen dazu zu bringen, so zu denken, wie sie das haben wollen. Und wir? Sind alle so beobachtbar, fühlen uns so selbstbewusst beim Beobachtetwerden. Digitaler Narzissmus galore. Wer nicht beobachtbar ist, existiert nicht, ist nicht vorhanden als Existenz im Netz der Netzexistenzen. Nur als Netzexistenz bin ich beobachtbar. Und kann gehackt werden. Ich bin im Netz. Ich bin nett. Alle im Netz sind nett. Weil sie sich beobachtbar machen. Das Netz ist fett. Aber nie voll. Hackt mich und zerhackt mich in Milliarden Bytes, sättigt mich mit Informationen und teilt mich. Verteilte Information bin ich, wie alles andere auch. Das Netz platzt aus allen Nähten, aus den Fetzen der zerrissenen Netze bilden sich

neue Netzwerke, damit es wieder was zu hacken gibt, das
Eindringen in die Datenwelt anderer, darum geht es, kleine
Lücken erobern und okkupieren, übernehmen und abkas-
sieren, Informationen zerstören, für uns superwichtig, plötzlich null und nichtig, zerstört von den Hackern, hör jetzt
auf zu meckern, hör auf jetzt mit dem Kichern, wo doch
längst schon klar ist: keine Info ist mehr sicher.


## UNBERÜHRBAR

Berühre nicht den Tisch und berühre nicht mich
Bin schwerer zu greifen als glitschiger Fisch
Wir sind unter uns und sind euch ganz nah
Und doch sind wir alle nicht leicht berührbar
Sind wir hier oder nicht oder leicht oder dick
Herr Schlammhonig sagte: Touch me I'm sick

So unberühmt so unbestimmt
So unbedeutend wie wir sind
Werden wir noch länger sein
Mittendrin und doch allein
Der Weg hat uns hierhergeführt
Mitten in das grelle Licht
Da stehen wir
Ihr seht uns nicht

## LOUNGEMUSIK

Aus Gräbern, die erst vor wenigen Jahren zugeschüttet worden waren, stiegen sie heraus, die alten Welthits des Westens, diesmal in weichgespülten Versionen, und bevölkerten als smoothe Zombies die schicken Lokale, Clubs und Restaurants. Das als Lounge-Musik bezeichnete Sound-Recycling bedeutete eine essentielle Entwertung der ursprünglichen Idee der Originalsongs, den Stücken wurde der Zahn gezogen, jegliches aufrührerische Element wurde zum Dekorationsobjekt verramscht. Diese entstellten Kreationen bildeten den Ambientsound für eine durchökonomisierte Welt. Der Hauptzweck dieses Sounds bestand darin, den kläglichen Lauf der Dinge möglichst unauffällig zu untermalen.

## EINTAUSEND LEUTE

Eintausend Leute sind gegen dich.
Andere eintausend Leute dafür.
Und weitere eintausend warten schon.
Dort in der Halle, hinter der Tür.

## VERGANGENHEIT

Als die Veranstaltung ihren Höhepunkt erreichte und sich unter den Anwesenden das Gefühl breitmachte, Zeuge von etwas zu sein, das noch nie da gewesen war, so neu, etwas

Neueres hatte es noch nie gegeben, sagte die elegante Madame Drexler inmitten all der Begeisterten: Wir leben doch alle in der Vergangenheit hier. Ihr werdet schon noch sehen.

## INSZENIERUNG

So wie es aussieht, tun Sie doch die ganze Zeit nur so als ob, obwohl Sie, von allen Seiten hochverehrte Prinzipalin, doch deshalb so geschätzt werden, weil sie in ihrem schicken Programmheft behaupten, die Mauern der Realität niederzureißen und uns damit neue Perspektiven zur Überschreitung der Wirklichkeit zu eröffnen. Und dafür verwenden Sie Methoden, die mir das Gefühl geben, hier ist ja alles genauso austauschbar wie im Internet, jede Meldung könnte auch ganz anders lauten, jede Geste ist die Inszenierung einer Geste, jede Mitteilung klingt nach einem auswendig gelernten Gedicht. Sie tun als ob, um uns auf symbolische Weise klarzumachen, worum es ihnen gehen dürfte und dabei stecken Sie doch bis zum Hals im übelsten Wirtschaftsmilieu, von dem Sie finanziert werden mit dem Auftrag, dieses Milieu möglichst radikal zu kritisieren, um ihm eine, wie es heißt, kulturelle und gesellschaftliche Relevanz zu verschaffen, damit wiederum die Wirtschaftswelt ihrerseits so tun kann, als ob ihre Methoden innerhalb des goldenen Rahmens namens Kultur akzeptiert würden. Und Sie tun nun in ihrer Funktion als Prinzipalin so, als ob Sie tatsächlich etwas enorm Kritisches und Erhellendes tun würden, weshalb ihre Förderer aus der Geschäftswelt so tun können, als ob sie etwas enorm Kritisches und Erhellendes fördern und ermöglichen würden. Ich hingegen kann nur so tun, als wäre mir das alles egal, kann nur so tun, als wäre ich betroffen, als wäre ich hungrig, als wäre mir kalt, als würde ich mich fürchten, als würde ich schreiben, in Wirklichkeit aber stehe ich im Dienst des globalisierten Wirtschaftssektors, niemand weiß das, alle halten mich für einen wirklich kritischen Geist. Dabei tue ich doch auch nur als ob. Wie alle in ihrem Job.

## ENTTÄUSCHT

Wir sind das hochverehrte Publikum. Wir haben die höchsten Ansprüche. Wir verlangen nach bester Qualität. Wir lassen uns nichts erzählen. Wir lassen uns nicht täuschen. Wir wurden schon so oft enttäuscht. Wir gehen.

## AM ABEND

Wir verhalten uns richtig
Wir kleiden uns schön
Wir wollen am Abend
Die anderen sehn
Wir gehen zu ihnen
Um alles zu geben
Und tun dabei so
Als würden wir leben

## NASE PUTZEN

Das Publikum rief auf die Bühne: Du solltest dir mal die Nase putzen! Die Person auf der Bühne rief zurück ins Publikum: Ihr seid so schleimig!


## THEATER

Im Zuschauerraum mit hunderten Leuten,
Von denen die wenigsten dir was bedeuten.
Hinter dem Vorhang die Schauspielerinnen.
Sie gehen in Kürze nach außen, von innen.
Stellen sich hin und sprechen den Text.
Das Kind schaut gelangweilt und fragt: What's next?


## ABZÜGE

Die Kosten der zweiten Nacht wurden vom Honorar abgezogen. Genauso die Ausgaben für den Transport. Dann noch die Steuer. Ebenso die Gage für den Moderator. Außerdem die Ausgaben für Essen und Trinken, Maniküre, Frisuren, Schminke und Medikamente. Langsam aber sicher überstieg die Summe der Abzüge die Höhe des Honorars. Endlich wurde jemand engagiert, der dafür sorgte, das Überhandnehmen der Abzüge zu stoppen. Endlich.

## TOURNEE

Vorgestern war ich in B
Gestern Abend dann in C
Heute bin ich schon in D
Morgen fahre ich nach E
Übermorgen dann nach G
Außerdem war ich in J
Zwischendurch auch noch in W
Gelegentlich in P und T
Und hie und da
In I und H


## NINA SIMONE

Viele wird es geben, die es Nina Simone als Arroganz ausle-
gen, Folgendes gesagt zu haben, wobei es aber doch sehr verständlich ist, dass sie gesagt hat: Das Publikum hat mich
ausgesucht, nicht ich das Publikum. Sollte es ein Problem
mit mir haben, braucht es erst gar nicht zu kommen.


## MUNDWERK

Im Stück Die Vögel von Aristophanes, uraufgeführt im Jahre
414 vor Null, kommt der Begriff Egcheirogastor vor. Damit
waren diejenigen gemeint, die von ihrer Hände Arbeit leben.
Ebenso war in diesem Stück aber auch von den Egglotto-

gastor die Rede, denjenigen, die von den Erzeugnissen ihres Mundwerks leben.

## SCHAUSPIELERIN

Madame Refleschir: Eine Beobachterposition zum eigenen Leben zu haben, ist das schon depro? Alle Tätigkeiten auszuführen wie eine Schauspielerin, die an ihrem Job schon lange keine Freude mehr hat, das ist doch richtig unerfreulich. Alwaysonmymind sagte: Oder aber erst so richtig real.

## INTERESSE

Wir sind die, die in den Minen arbeiten, die im dunklen, kalten Dreck knien und unter Aufbringung der letzten Kräfte das Material aus dem Berg herausholen, abbauen, wegschaffen, verkaufen und dieser Berg sind wir selbst, wir bauen uns selbst ab, wir schlachten unser Leben aus, wir, die von uns selbst Ausgeplünderten, wir knallen euch unsere Gedärme auf den Tisch, unser Innerstes, um einen Beitrag zum gesellschaftlichen Betrieb zu leisten, riskieren es, Dinge zu formulieren, die wir für relevant genug halten, um uns damit vor euch hinzustellen und dabei sehen wir zu, wie der unsympathische Mann mit der Koksnase und die unnachgiebige Frau im Hintergrund die Entscheidungen darüber treffen, was der Öffentlichkeit als gut und wichtig verkauft wird. Hier zählen die Interessen von Geschäftsleuten, hier zählen Neuigkeitswert und Verkaufspotenziale. Hier zählt nur der Profit. Im Vordergrund haben mittlerweile viele das Interesse verloren. Jegliches.

## ILLUSIONEN

Die Mutter des Showgeschäfts zu ihren Kindern: erst wenn ihr alle Tricks verstanden, alle Täuschungen hinterfragt und alle Illusionen durchschaut habt, werdet ihr merken, dass es ohne sie nicht geht.

## DER POP-POPULIST

Der Star der Show, der Pop-Populist, weltweit bekanntes Großmaul, wurde unmittelbar nach seinem umjubelten Auftritt beim Glambang-Festival mit Psychose und Nervenzusammenbruch mit einem für ihn bereitstehenden Spezialtransport in die Klinik für Leute mit psychischen Problemen gebracht, in der er schon seit einigen Monaten seine Zeit verbrachte, weil er aus dem Abgrund, in den er vor einem halben Jahr gestürzt war, einfach nicht mehr herauskam. In der Klinik arbeiteten halb organische, halb künstliche Therapeutinnen, die auf einem von intelligenten Kräften bewohnten Expoplaneten ausgebildet worden waren, sich der hiesigen Menschheit gegenüber mitleidig zeigten und sich um sie kümmerten. Sie betrachteten Menschen ungefähr so wie Menschen Hunde betrachteten. Als beschränkt, gelehrig und domestizierbar.

Der Pop-Populist allerdings, der von all dem nichts wissen wollte, verliebte sich in eine der außerirdischen Ärztinnen und wollte die Klinik nach einem halben Jahr immer noch nicht verlassen. Das Außerirdische war ihm zu sympathisch. Irgendwann zogen sie um auf den anderen Planeten.

## NEXT STREET

People go very far
Cause in the next street
We all know
Who they are

## TELENOVELA

Vor Jahren schon bin ich Star in einer brasilianischen Telenovela gewesen, wurde aber wegen Steuerhinterziehung des Landes verwiesen und träume seitdem immer wieder von den schönen Zeiten, als ich Star in einer brasilianischen Telenovela gewesen bin.

## GEFALLENE

Der Schwimmer mit den meisten Medaillen, die Diva mit den meisten Grammys, sie führten die Schar derjenigen an, die nach großen Erfolgen in ein tiefes Loch gefallen waren, zu viele Drogen konsumiert hatten, zu viel Alkohol, zu viel Betäubung und die sensationsgeile Öffentlichkeit, immer auf der Suche nach neuem Futter, schrie: Seht sie, die Gefallenen! Zuerst waren sie ganz oben, jetzt sind sie ganz unten! Wie unterhaltsam ist das denn! Und dabei war doch klar, dass die Zurschaustellung der Überausbeutung der eigenen Kräfte zur Erschöpfung führen würde, und da lagen sie nun am Boden wie Mücken, die zuvor noch durch die Luft gerast waren, schneller als irgendein Gedanke.

## SÜDPAZIFIK

Immer noch gibt es Leute, die sich nichts sehnlicher wünschen, als entdeckt zu werden. Von irgendeiner korrupten Angeberin, einem schleimigen Intendanten, von jemand aus der Direktion. Sie können dich berühmt machen. Reich und berühmt. Aber zuerst musst du entdeckt werden. Wie bin ich froh, dass mich nie jemand entdeckt hat. Bin doch keine unbewonte Insel im Südpazifik vor 300 Jahren.

## ACHSELHAARE

Als während der abendlichen Quizshow die Frage an sie gerichtet wurde, was denn für sie das Allerüberflüssigste wäre, antwortete die berühmte Person mit einer Spontaneität und Selbstverständlichkeit, als hätte sie schon jahrelang auf diese Frage gewartet: Achselhaare!

## BESCHIENEN

Ich sehe alle Sachen
Die beschienen sind vom Licht
Wäre das Licht ausgeschaltet
Sähe ich sie nicht

Denn wenn das Licht nicht leuchtet
Zumindest nicht hierher
Dann sehe ich die Sachen hier
Dann seh ich sie nicht mehr


## WICHTIGKEIT

Natürlich muss stark bezweifelt werden, ob gerade diejenigen
Menschen und Themen von Wichtigkeit sind, die von einer
großen Öffentlichkeit dazu gemacht werden. Wenn nämlich
genau diese Öffentlichkeit dafür gesorgt hat, dass die größten
Idioten Präsidenten wurden, wie ernst können wir sie dann
nehmen?


## IKONE

Die in professionell wirkender Würde gealterte, in früheren
Zeiten sehr erfolgreiche Sportlerin, international bekannt,
im eigenen Land geradezu eine Ikone der patriotischen Fan-
gemeinde, ein Idol, eine, die es immer verstanden hatte, in

der Öffentlichkeit freundlich und skandalfrei aufzutreten und es geschafft hatte, sich mit ihren beschränkten sprachlichen Ausdrucksmitteln weithin Gehör zu verschaffen und einen Status als Everybody's Darling zu erlangen wie sonst niemand, sie sagte, als sie in einer der zahlreichen Fernsehshows, in denen sie immer wieder zu sehen war, aufgefordert wurde, ein Wort zu sagen, nur ein einziges Wort, sie sagte: Werbungssucht!

## ABGESCHALTET

Die Sonne war so groß, heiß und aufdringlich geworden, dass sich manche bei dem Gedanken ertappten, jetzt könnte sie doch mal abgeschaltet werden. Eine halbe Sekunde später schon erschien ihnen diese Überlegung wie eine Dummheit aus einer anderen Welt. Ein Chor im Hintergrund sang: Sich an schweißtreibende Unannehmlichkeiten gewöhnen zu sollen, ruft naturgemäß Widerstand hervor.

## DIE RÜCKSEITE

Obwohl die Raumtemperatur kühl war, obwohl die Klimaanlage fieberhaft ihren Dienst versah, war es doch heiß, heiß auch deshalb, weil der Stress, den hohe Temperaturen in überhitzten Organismen auslösen, zu einer zusätzlichen Quelle von Überhitzung werden kann. Obwohl das Studio heruntergekühlt war, obwohl sie ausreichend Wasser getrunken hatte, obwohl alle Vorkehrungen getroffen worden waren, um ein Desaster zu vermeiden, kam es doch zum Unfall, die Moderatorin, die sie Löwin nannten, kollabierte auf dem Weg zur Kamera, die Kamera konnte sie nicht mehr erfassen, die Kamera, die auf die Löwin gewartet hatte wie die Katze auf den Vogel. Der Löwin war, wie es heißt, schwarz vor Augen geworden. Ist es eigentlich schwarz, wenn du die Augen zumachst, oder siehst du nicht einfach die Rückseite des Lichts, die Abdunkelung des Hellen, das Gegenteil der Farben? Sofort stürzten sich einige der Anwesenden auf die Löwin, um die Zusammengesackte aufzurichten, ihr Luft zuzufächern und Wasser zu bringen. Eine Kollegin verständigte die Sanitätsabteilung. Die Augen der Löwin blieben eine Zeitlang geschlossen und, obwohl kaum fähig einen Gedanken zu fassen, dachte sie: Ist es wirklich schwarz, das Schwarz vor meinen Augen?

## BOULEVARD

Viele dachten angesichts des permanent gegen sie selbst gerichteten Gedankenflusses in ihrem Kopf: Bin wie eine dem Bad-News-Are-Good-News-Prinzip folgende Boulevardzeitung, die ständig nur das Schlimmste verbreitet, um sich Aufmerksamkeit zu sichern. Zumindest die eigene.

## CELLOPHAN

Infantiles Infotainment bewahrte die Kundschaft vor dem Allerschlimmsten. Wir lebten in einer Traumwelt aus Gut und Böse. Der Mainstream hatte alles aufgesaugt, das Rätselhafteste genauso wie das Simpelste, und spuckte den ganzen Krempel als verkäufliche Produkte wieder aus. Die ganze Planetenkugel war in Cellophan verpackt und stand zum Verkauf bereit. Stickig die Atmosphäre.

## UNTERNEHMEN

Die Journalistin, westlich, erzählte: Früher hat uns die Regierung unter Druck gesetzt und öffentlich schikaniert. In der Zwischenzeit ist sie einen Schritt weitergegangen. Sie hat uns gekauft. Medienunternehmen kaufen und diese in ihrem Sinn berichten lassen, das ist für sie die effektivste Strategie. Mein Job ist jetzt Regierungssklavin, meine Meinung ist vorbestimmt, meine Artikel haben den Herrschenden sympathisch zu sein. Sollen wir noch weiterreden?

## UNTERHALTUNG

Wir waren unter uns. In einer ausführlichen Erläuterung wurde uns um drei Uhr morgens von Miss Preston aus dem Westen in der Neptunbar erklärt, dass Unterhaltung eine Haltung unter- und außerhalb des Mainstreams sei, eine

Position jenseits des Konkurrenzgeschäfts, ein Standpunkt, der nicht auftrumpft mit prahlerischen Attitüden, eine herrschaftsfreie Perspektive, mit der die Sprache und das von ihr Beschriebene gelockert und aus dem Gleichgewicht gebracht werden können.

## LEVEL

Ob es hier um anspruchsvolle Ware oder um Trash ging?
Level A? Level B?
Die klügsten Überlegungen waren in harmlose Popsongs verpackt.
Die dümmsten Gedanken wurden in akademisch gekleideten Vorträgen verbreitet.
Wer noch den Überblick zu haben glaubte, sagte:
Ich habe den Überblick.

## LUST

Die Lust zu reden ist größer als die Lust zu lesen ist größer als die Lust zu schlafen ist größer als die Lust zu schwimmen ist größer als die Lust zu essen ist größer als die Lust zu bleiben ist größer als die Lust zu gehen.

## STRESS

Beeilung Beeilung
Wir haben jetzt Stress
Es bleibt keine Zeit mehr
Wir müssen hier weg
Bevor sie uns finden
Entdecken verstehen
Bevor das passiert
Lasst uns lieber gehen

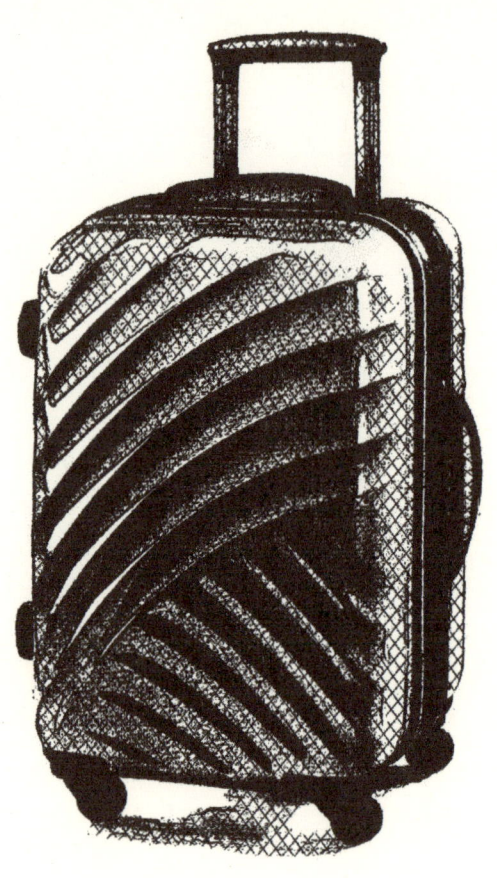

# DISKONTINUITÄT

*Things I once enjoyed*
*Just keep me employed now*
Billie Eilish, »Getting Older«

Pamela Mars, Milliardärin, hatte sich auf den Weg nach Downtown gemacht, um an der Börse Angelegenheiten für die Firma ihrer Familie zu erledigen. Auf halbem Weg bog sie mit ihrem Wagen in eine Seitenstraße, verschwand in einem unauffälligen Haus, betrat eine Wohnung und verfiel dort in einen siebenundzwanzigjährigen Schlaf. Nachdem sie aufgewacht war, setzte sie unverzüglich ihren Weg in Richtung Börse fort, überzeugt davon, sie habe nur kurze Zeit geschlummert. Ihr Vermögen hatte sich inzwischen verzehnfacht.

**DISKONTINUITÄT**                                    **FILM 1**

Vereinzelt standen sie herum, als ob sie für Filmaufnahmen geholt worden wären. Auch wenn sie es gern gewusst hätten, und einige waren der Meinung, sie haben es gewusst, wurde ihnen keine Gelegenheit geboten, Klarheit darüber zu erlangen, ob hier nun Filmaufnahmen gemacht wurden oder nicht. Und ob sie nun einen Donnersturm erlebten, Kinder bekamen oder andere Ereignisse stattfanden, bei denen sie der erfrischenden Wirkung der Diskontinuität ausgesetzt waren, sie blieben doch einfach da, als ob sie für Filmaufnahmen geholt worden wären und ließen sich nicht anmerken, ob sie das wussten oder nicht, wenn sich einige von ihnen auch sicher waren, sie hätten es gewusst. Manche von ihnen bemühten sich, mit spitzfindigen Erläuterungen die Umstände, die sie hierhergeführt hatten, begreifbarer zu machen, was allerdings auch nicht zur Klärung der Frage führte, ob sie, oder zumindest manche von ihnen, nun tatsächlich für Filmaufnahmen geholt worden waren oder nicht. Und so standen sie vereinzelt herum, als ob sie gewusst hätten wozu.

**DOROTHY ARZNER**                              **PERSONA 1**

Dorothy Arzner brach ihr Medizinstudium 1919 ab und begann wegen eines durch die spanische Grippe bedingten Arbeitskräftemangels in der Drehbuchabteilung von Famous Players, der späteren Paramount, zu arbeiten. Sie drehte als Regisseurin zwischen 1927 und 1943, in der Umbruchphase vom Stummfilm zum Tonfilm, 20 Filme, was insofern bemerkenswert war, als zwar in der Frühphase Hollywoods zahlreiche Regisseurinnen Filme gedreht hatten, diese allerdings mit Beginn des Tonfilms, als der Run auf das große Geld begann, wieder aus dem Filmgeschäft gedrängt worden waren. Aus feministischer und queerer Perspektive wird Arzners Werk als subversiv betrachtet, da es selten direkt, aber immer wieder unterschwellig damalige Geschlechtervorstellungen hinterfragte und häufig Beziehungen von Frauen in den Mittelpunkt stellte.

Die drei trafen sich am späten Nachmittag, um ihren Überfall noch einmal zu besprechen. Dann zogen sie los zur Luckenwalder Straße, zu einer Bar in einer Hütte aus Holz. Über dem Eingang die Aufschrift »Bistro Bengal«. Gegen 20 Uhr war es so weit. Melanie bedeckte ihr Gesicht mit einem Schal und zog die Mütze tief ins Gesicht. Ihre Begleiter maskierten sich ähnlich. Dann stürmte das Trio in das Lokal. Aber Melanie wurde von einer französischen Bulldogge abgelenkt. Da sie den Hund kannte, dieser aber nicht auf sie reagierte, lupfte die Räuberin ein wenig enttäuscht kurz ihren Schal und beugte sich zu dem Tier. Inzwischen hatten ihre Komplizen den 26-jährigen Verkäufer mit Reizgas überwältigt und hielten ihn in Schach. Das Trio entkam zunächst mit 800 Euro Bargeld, sechs Flaschen Korn, zwei Flaschen Kirsch-Whiskey, zwei Flaschen Wodka und 3 Stangen Zigaretten. Doch der Angestellte hatte Melanie erkannt, als sie halbmaskiert den Hund streichelte. Es war eine Kollegin. Sie hatte zwei Mal in der Bar zur Probe gearbeitet.

## DIKTATOR IN EUCH          DESPOTIE 1

Wir schliefen. Wir träumten. Von Abenteuern ohne Ende. Plötzlich wurden wir durch das grelle Licht, das grässliche Eindringlinge eingeschaltet hatten, geweckt. Augenblicklich und automatisch schleuderten wir ihnen entgegen: Schläfert den Diktator in euch ein!

An einem verregneten Januarabend des Jahres 1800 wurde
während eines Treffens der askesianischen Gesellschaft,
einem Londoner Debattierklub, in dem neueste wissen-
schaftliche Erkenntnisse diskutiert wurden, eine gewisse
Menge Distickstoffmonoxid (N2O) verteilt und von den
Anwesenden konsumiert. Die durch eine Verringerung der
Sauerstoffzufuhr hervorgerufene Euphorie führte zu über-
steigerter Wahrnehmung, Lachanfällen und Halluzinatio-
nen. Londoner Theater wie das Adelphi begannen kurz
darauf, eigene Lachgas-Abende zu veranstalten, bei denen
das Publikum einen Zug der neuen Wunderdroge inhalieren
konnte. Nicht wenige Apotheker, die wegen des damit verbundenen Vergnügens ein gesteigertes Interesse an dem für
ihre Berufsgruppe leicht zugänglichen Stoff entwickelten,
kamen einer N2O-Sucht gefährlich nahe und vergaßen dabei
völlig auf den uralten Grundsatz aller Pharmazeuten und
Drogendealer: Never get high on your own supply.

Rosa Meier arbeitete in der Vakuumbank. Es gab dort keinen
Sauerstoff und kein Geld, keine Schalter, keine Schreibtische,
keine Computer, nur Vakuum. Bank deshalb, weil das Vakuum bewacht wurde, als wäre es wertvoller als alles Geld
der Welt. In der Vakuumbank gab es nichts anderes als Vakuum. Nur Vakuum.

Immer wieder lässt sich beobachten, dass Männer unterschiedlichen Alters mimische Details zur Anwendung bringen, die von männlichen Schauspielern aus alten James-Bond-Filmen bekannt sind, was uns zu dem Schluss bringt, dass Rückschrittlichkeit eine weit verbreitete Lebensform mit unrhythmischen konjunkturellen Schwankungen ist.

## MISSY ELLIOTT PERSONA 2

In vielen Städten der U.S.A., in denen früher die Sklaverei betrieben wurde, erinnert nach wie vor eine Menge entfernungsreifer Denkmäler an sogenannte Helden des Bürgerkrieges (1861–1865). In Portsmouth, Virginia, wurde 2017 eine Petition mit dem Ziel gestartet, das dortige Soldaten-Denkmal zu schleifen und durch ein anderes zu ersetzen. Statt dem 11 Meter hohen Granitobelisk sollte eine Statue der aus Portsmouth stammenden Musikerin Missy Elliott aufgestellt werden. Im Aufruf einer Aktivistinnen-Plattform zur Unterstützung dieser Initiative hieß es in Anlehnung an einen ihrer Hip-Hop-Hits der frühen Nullerjahre: »We can put white supremacy down, flip it and reverse it.« Die Sängerin und Produzentin, die mehr als 30 Millionen Alben verkauft hat, wurde in der an der Ostküste liegenden Hafenstadt geboren.

Der große Holzlöffel lag verloren auf der Erde. Der Hund schnappte den Löffel und lief mit ihm zur vollen Schüssel. Er tauchte den Löffel tief in die rote Masse, füllte ihn mit Erdbeermarmelade, trottete mit dem Löffel zwischen den Zähnen vorsichtig zur Scheune hinüber und hielt dem dort stehenden Esel den Löffel hin. Der Esel ließ mit großem Genuss die Marmelade in seinem Maul verschwinden und grinste zufrieden. Die beiden Tiere sahen einander an. Da ging der Esel zum Scheunentor, um dieses mit seinen beiden Vorderbeinen aufzustoßen, wozu der kleine Hund nicht in der Lage gewesen wäre, der nun mit wedelndem Schwanz durch das offene Tor lief und sich mit einem wohligen Knurren auf die rot und gelb gemusterte Decke legte, die über eine auf dem Boden liegende Matratze gebreitet war. Kurz darauf schlief er ein.

Die am lautesten und vehementesten gegen die korrupten Diktatoren aufschreienden Beschwerdeführer waren wie taub, wenn ihnen erklärt wurde, dass Europa seit Jahrhunderten deren Länder systematisch ausbeutete, destabilisierte und dadurch bis heute daran hinderte, gesellschaftliche Strukturen aufbauen zu können, die Diktatoren überflüssig gemacht hätten.

Sie lief an ihrem 19. Geburtstag mit einer Gruppe von Freundinnen durch die Stadt, alle 19 Jahre alt, keine von ihnen eine Ahnung davon, was ihr im Leben noch bevorsteht. Sie hatten zwei aufblasbare, mit Helium gefüllte Zahlen aus silbrig glänzender Folie dabei, jeweils 70 cm hoch, eine Eins und eine Neun, die, an dünnen Schnüren befestigt, über ihren Köpfen zappelten. An der Ecke wurden sie von einem Windstoß erfasst, die Eins wurde von links nach rechts geweht, aus 19 war 91 geworden und aus der Gruppe der 19-Jährigen eine Gruppe alter Leute, die alle 91 Jahre alt waren, ihr Leben beinahe hinter sich hatten, langsam über den Gehsteig schlichen, manche auf einen Stock gestützt, zwei wurden im Rollstuhl geschoben.

**IRA HUBER**                                                   **CRAZY 3**

Ira Huber war in das Haus ihrer Nachbarn eingestiegen. Plötzlich hörte sie deren Auto unten ankommen. Was tun? Aus dem Fenster springen? Unter diesem lag zwar ein Berg aus Schnee, springen schien ihr aber doch zu gefährlich. Sie versteckte sich unter einem Tisch und schlief ein. 20 Minuten später wurde sie von den Nachbarn geweckt. Die Nachbarn machten Ira Vorwürfe und wollten wissen, warum sie, als sie unter dem Tisch gelegen war, sie, die Nachbarn, so heftig beschimpft hatte. Ira aber wusste davon nichts, denn sie hatte im Schlaf gesprochen. Sie beteuerte den Nachbarn gegenüber, dass sie sie doch so sehr schätze und eigentlich nur deshalb rübergekommen sei, um ihnen ihre Freundschaft anzubieten. Darauf die Nachbarin: Auch wenn es im Schlaf gewesen ist und unbewusst geschah: Du hast uns beschimpft!

## MINIKAMERAS                                                       FILM 3

An den Windschutzscheiben der Autos waren winzige Kameras um fünfzig Dollar installiert, die permanent die Straße filmten. Wenn ein Unfall passierte, dienten die Aufnahmen als Beweis für den tatsächlichen Unfallhergang. Waren keine Kameras im Spiel, wurden üblicherweise diejenigen als Verursacher des Unfalls verantwortlich gemacht, die weniger Schmiergeld an die Polizei bezahlten als die anderen.

## BUHLEBEZWE SIWANI                                              PERSONA 3

Die 1987 geborene Künstlerin Buhlebezwe Siwani arbeitet in den Bereichen Performance, Fotografie, Skulptur und Installation. Sie kommt aus Südafrika und thematisiert in ihren Arbeiten das patriarchale Framing des schwarzen weiblichen Körpers und damit zusammenhängende Erfahrungen in der südafrikanischen Gesellschaft. Sie ist Mitbegründerin des südafrikanischen Künstlerinnenkollektivs iQhiya, das sich als aktivistische Reaktion auf die fehlenden Ausstellungsmöglichkeiten und die Unterrepräsentiertheit weiblicher

Künstlerinnen in der südafrikanischen Kunstszene formiert hat und unter anderem 2016 an der Joburg Art Fair in Johannesburg und 2017 an der documenta 14 in Kassel teilgenommen hat. An iQhiya sind auch beteiligt: Asemahle Ntonti, Bronwyn Katz, Bonolo Kavula, Matlhogonolo Kelapile, Lungiswa Gqunta, Sethembile Msezane, Sisipho Ngodwana, Charity Kelapile, Thandiwe Msebenzi und Thuli Gamedze.

## RECHTES BEIN                                      HUND 3

Die Frau, die im Wartezimmer des Tierarztes für Kleintiere saß, war davon überzeugt, dass ihr rechtes Bein vom Knie abwärts ein Hund sei. Seit einigen Tagen hatte ihr Hund Schmerzen. Nun saß sie hier, wartete und wedelte mit der rechten Fußspitze hin und her, so wie es aufgeregte Hunde, die zum Arzt kommen, um von ihren Schmerzen befreit zu werden, mit ihrem Schwanz üblicherweise machen. Als sie endlich aufgerufen wurde, sprang sie hoch, kam aber nicht weiter, weil der Hund, ihr rechtes Bein vom Knie abwärts, sich nun, da es ernst wurde, panisch vor dem Tierarzt zu fürchten begann. Nur unter Aufbringung der raffiniertesten Überredungskünste und Beruhigungsmethoden gelang es ihr, sich und ihren Hund in den Behandlungsraum zu zerren, wo unverzüglich mit Maßnahmen zur Heilung der Beschwerden begonnen wurde.

Unterzucker! Kreischten die Models. Kuchen! Bellte der cholerische Manager in Richtung Catering. Aus! Schallte es von der Küche zurück. Crazy! Quietschten die Frauen und ritzten mit Rasierklingen wellenförmige Muster in die Beine des Managers. Der beige Teppichboden bekam rote Punkte.

2015 war der Stromverbrauch für Gebäudekühlung mittels Klimaanlagen in den USA (340 Millionen Einwohner) genauso hoch wie der Gesamtstromverbrauch des afrikanischen Kontinents (1,2 Milliarden).

Kim Tschom sah alles, was sie sah, eingerahmt von einem hellgrün leuchtenden Rand. Menschen, Häuser, Autos, Flugzeuge, Sonnenschirme und was es sonst noch gab, waren umgeben von diesem elegant strahlenden, heftig glühenden, außergewöhnlich grellen Licht. Schön war es anzusehen. Bis die Energie nachließ und alles wieder aussah wie vorher.

In zahlreichen US-amerikanischen Mainstreamfilmen kommt es zu Situationen, in denen sich Leute, aus den unterschiedlichsten Gründen, außen auf einem sehr hohen Bauwerk befinden und in vielen Fällen auch von diesem hinunterstürzen. Falls diejenigen, die die Drehbücher geschrieben haben, derartige Bilder als Symbol für Zu-hoch-hinaus-wollen oder Den-Boden-unter-den-Füßen-verlieren sehen und sich darauf berufen, dass sie derartige Szenen oft in ihren Träumen erlebt hätten, dann sei ihnen hiermit verraten, dass die Wissenschaft in der Zwischenzeit zweifelsfrei festgestellt hat, dass Träume vom Fallen genau dann stattfinden, wenn der Blutdruck während des Schlafes absinkt und das Gehirn in dieser Phase mangeldurchblutet wird. Die Panik, die die Träumenden während des Sturzes erleben, lässt den Blutdruck aber wieder ansteigen. Es geht sozusagen wieder aufwärts. Für die bereits Aufgeprallten allerdings zu spät.

## SRINIVASA RAMANUJAN PERSONA 4

Srinivasa Ramanujan (1887–1920) war ein indischer Mathematiker, der sich seine Kenntnisse autodidaktisch beibrachte und über außergewöhnliche Fähigkeiten im Umgang mit analytischen und zahlentheoretischen Problemen verfügte. Von 1914 bis 1919 arbeitete er an der Universität Cambridge. Als ein englischer Kollege ihn einmal zu Hause besuchte und mit einem Taxi anreiste, dessen Nummer 1729 war, stellte Ramanujan spontan fest, dass dies die kleinste natürliche Zahl wäre, die sich auf zwei verschiedene Weisen als Summe von zwei Kubikzahlen ausdrücken lässt. Tatsächlich sind sowohl 1 hoch 3 plus 12 hoch 3 als auch 9 hoch 3 plus 10 hoch 3: 1729.

**FLEISCH WOHL KAUM**                                         **HUND 4**

Als sie mit dem Fahrrad am Park vorbeikamen, sahen sie dort eine Frau mit einem kleinen weißen Hund auf einer Bank sitzen. Die Frau nahm den Hund in ihre Hände und biss ihm ein Ohr ab, dann die Schnauze und aß beständig weiter an dem Tier dahin. Sie konnten nicht erkennen, woraus der Hund bestand, den die Frau aufaß. Fleisch wohl kaum.

**AUTOKRATENPECH 1**                                      **DESPOTIE 4**

Der jahrzehntelang unerbittlich über das Land am südwestlichen Rand Europas herrschende, aus ärmlichen Verhältnissen stammende Diktator, der den Staat kaputtgespart und unter dem Motto »Voll Stolz allein« isoliert hatte, kam letztlich durch seinen übertriebenen Geiz zu Tode. Er weigerte sich beharrlich, seinen unbrauchbar gewordenen Bürostuhl durch einen neuen ersetzen zu lassen. Als der heruntergekommene Stuhl im August des Jahres 1968 schließlich unter ihm zusammenbrach, verletzte sich der sparsame Despot so schwer am Kopf, dass er einen Hirnschlag erlitt. In den beiden folgenden Jahren, während denen sein Nachfolger bereits die Macht übernommen hatte, wurde der vom Bürosessel Gestürzte und geistig Eingeschränkte von seiner Umgebung im Glauben gelassen, weiterhin Staatschef zu sein. Als er am 27. Juli 1970 starb, hinterließ er ein Land, das wirtschaftlich, politisch und sozial am Boden lag.

## 1527 JAHR 4

Cañon von Sumidero, Hochland von Chiapas, Mexiko: nach einem blutigen Auf und Ab militärischer Konfrontationen hatten sich erbittert kämpfende Tzotzil-Maya, verfolgt von spanischen Soldaten und mexikanischen Hilfstruppen, an den Rand einer steilen Felsterrasse über dem Rio Grijalva zurückgezogen. Als die gut ausgerüsteten und zu allem entschlossenen Spanier näher und näher kamen, stürzen sich die rund 2000 ausweglos Bedrängten, darunter viele Frauen und Kinder, in den Fluss. Sie zogen den Freitod der spanischen Knechtschaft vor. Der Massenselbstmord am Rio Grijalva verdeutlicht die unfassbare Brutalität, mit der die europäischen Eindringlinge am Beginn der Kolonialzeit die indigene Bevölkerung der Amerikas bekämpften.

Laurine Graham hatte dermaßen viel Kaffee getrunken, dass sie das Wasser, das sie danach zu trinken pflegte, mit Wodka verwechselte. Nachdem sie eine 7-Zentiliter-Flasche in einem Schluck ausgetrunken hatte, wurde sie mit Alkoholkollaps in ein Krankenhaus eingeliefert, wo ihr aufgrund einer Verwechslung mit einer Frau ähnlichen Namens (Laura Grandham) der rechte Arm amputiert wurde, leider. Sie änderte zwar unverzüglich ihren Namen. Aber es war zu spät. Der Arm war weg für immer. Sie trank nie wieder Kaffee. Nicht einmal Espresso.

Das Um-die-Wette-nach-unten-fliegen (wiederkehrendes Motiv in Animationsfilmen der letzten Jahrzehnte) soll uns vielleicht darauf hinweisen, dass vor dem letzten Aufprall doch noch etwas zu retten ist.

Eine Gruppe um die Bioarchäologin Megan Brickley von der McMaster University in Hamilton, Kanada hat eine Methode entwickelt, mit der sich genau feststellen lässt, welcher Menge Sonnenlicht unsere prähistorischen Vorfahren im Laufe ihres Lebens ausgesetzt waren. Als Quelle für diese

Informationen dient das Vitamin D, dessen Bildung an eine ausreichende Sonnenexposition gekoppelt ist. In finsteren Zeiten, in denen es zu einer Unterversorgung mit dem Vitamin kommt, bilden sich im Zahnbein Mineralisierungsfehler, die mikroskopisch gut nachweisbar sind. Diese Marker verraten nicht nur viel über die Anpassungen der Frühmenschen auf ihrem Weg von Afrika in weniger sonnenreiche Regionen, sie enthüllen auch jene Veränderungen, die der Wechsel hin zum Leben unter einem Dach mit sich brachte.

## SPATZEN                                    HUND 5

Wegen der enormen Nachfrage nach derartigen Produkten wurden Hunde in der Größe von Spatzen gezüchtet, so klein, dass sie locker in jede Jackentasche passten. Oft blieben Kotstücke in den Taschen liegen, die aussahen wie glänzende Schokobonbons.

## AUTOKRATENPECH 2                          DESPOTIE 5

Als eine der härtesten Strafen, die der westliche Kapitalismus zu bieten hat, kann die Tatsache bezeichnet werden, dass der US-amerikanische Industriehühnerkonzern Kentucky Fried Chicken eine seiner übelriechenden, fetttriefenden Filialen genau gegenüber der Villa jenes Despoten platzierte, der das von ihm regierte südosteuropäische Land jahrzehntelang vom Rest der Welt isolierte, um es vom verderblichen

Einfluss des imperialistischen Denkens und Essens fernzu-
halten. Und dabei hatte der im Alter zunehmend zur Para-
noia neigende Herrscher, der seit Beendigung der engen
Beziehung seines Landes zu China im Jahr 1978 eine isola-
tionistische Außenpolitik der völligen Bindungslosigkeit betrieb, aus Angst vor Angriffen des imperialistischen Feindes
die Errichtung von 750.000 Betonschutzbunkern in Auftrag
gegeben, von denen trotz vollständiger Sinnlosigkeit 168.000
tatsächlich gebaut worden sind.


**1916**                                              **JAHR 5**


Die fünf Tonnen schwere asiatische Elefantin Mighty Mary
trat in Sparks World Famous Shows Circus auf. Zu trauriger
Berühmtheit gelangte sie durch die abscheulichen Umstände
ihres Todes. Am 11. September 1916 hatte der Zirkus in Kings-
port, Tennessee, den Tagelöhner Red Eldridge als Hilfstrainer
für die Elefantin angeheuert. Einen Tag später kam Eldridge,
der Mary aufgrund mangelnder Erfahrung falsch behandelte,
durch eine Attacke des Tieres zu Tode, als er es zu einer nahe
gelegenen Tränke bringen wollte. Der Unfall führte in der
lokalen Presse umgehend zu negativ aufgeladener Sensations-
berichterstattung über die Zirkuselefantin, woraufhin die
Einwohnerschaft vehement ihren Tod forderte, was den Sheriff des Ortes veranlasste, dem Zirkus weitere Vorstellungen
zu untersagen, solange Mary ihm noch angehörte. Um dro-
henden finanziellen Nachteilen zu entgehen, beschloss Zir-
kusdirektor Charlie Sparks, Mary öffentlich hinrichten zu

lassen, was seinem Zirkus beträchtliche Aufmerksamkeit verschaffte. Am 13. September wurde das inzwischen nur noch Murderous Mary genannte Tier mit der Eisenbahn in die 38 Meilen entfernt gelegene Ortschaft Erwin gebracht und dort vor den Augen von 2500 Schaulustigen mithilfe eines auf einen Güterwagen montierten Industriekrans am Hals aufgehängt. Nach Beendigung des obszönen Spektakels wurde der Kadaver neben der Bahnlinie verscharrt.

## HERIBERT STALLINGER                           CRAZY 6

Heribert Stallinger schluckte seinen Anzug hinunter, anstatt ihn anzuziehen. Es gibt so viele Möglichkeiten, sich näher zu kommen.

## KEINE VORSTELLLUNG                             FILM 6

Daisy Dreihand drehte den Verschluss auf und ließ innerlich den zweifachen Dreifachsalto zu aus dem aktuellsten Schluck Faszinosum, den sie von Vormittag bis drei Uhr früh gegurgelt hatte wie Sprudel, um danach die Welt wieder neu zu sehen, frisch wie der Morgentau, entspannt wie eine Wolke, deren Zukunft der blaue Himmel war, in den sie hineinsah ohne Anhaltspunkt. Weil keine Form da war, vertiefte sie sich in die Oberfläche, die Tiefe war zu europäisch, das Blau zu oberflächlich, die Gefühle zu trügerisch, kein Flugzeug flog durchs Bild, kein Vogel, nur ein Käfer, plump sein

Rumpf, hochfrequent sein Flügelschlag, der Hintergrund eintönig wie eine Kinoleinwand ohne Film. Das Publikum sprach im Flüsterton miteinander, als ob es wegen einer laufenden Vorstellung angebracht gewesen wäre, leise zu sein. Es gab aber gar keine Vorstellung, keine Aufregung, sondern Abregung, lockere Abgrenzung dem Regen gegenüber, der irgendwann kam und das Publikum abkühlte, die Gespräche anfachte und die Hitze vertrieb.

**JOSEPH CAPGRAS**                                    **PERSONA 6**

Das Capgras-Syndrom ist eine äußerst selten auftretende psychische Störung. Die Krankheit geht mit der wahnhaften Annahme einher, dass vertraute Menschen durch Doppelgänger oder Betrüger ersetzt wurden. Die Erkrankten erkennen zwar die vertraute Person, verknüpfen sie aber nicht mit den Gefühlen, die sie ursprünglich für sie empfunden haben. In schweren Fällen werden sogar mehrere bekannte Menschen für Doubles gehalten. In einem konkreten Fall aus dem Jahr 2016 war eine Frau der festen Überzeugung, bei ihrem Ehemann handle es sich um einen anderen, wenn auch völlig gleich aussehenden Menschen. Großes Aufsehen erregte im Jahr davor der Fall eines 11-jährigen italienischen Mädchens, das seine Eltern für Außerirdische hielt, die vorhätten, es zu vergiften. Das Syndrom ist nach dem französischen Psychiater Joseph Capgras benannt, der es 1923 erstmals wissenschaftlich beschrieb.

Am 25. August, einem verregneten Dienstag, um 14:38, sagte die 54-jährige Frau, die im Eingangsbereich des städtischen Schwimmbads arbeitete und für die Ausgabe und das Einsammeln der Schlüssel der Umkleidekabinen zuständig war, während einer Pause zu ihrer Arbeitskollegin, mit der sie am Rand des kaum als solches bezeichnet werden könnenden Geschehens ein Schwätzchen hielt, zwischen den vielen vorher und danach gesprochenen Sätzen, mit einem in die Zukunft weisenden Tonfall: Ich werde diese Krankheit mein Leben lang haben. Dieselbe, die mein Hund hat.

Ging alles wie von selbst. Der Hang zum Autoritären, der Umhang, der keine Informationen von außen mehr durchließ, es blieb nur noch die Verhärtung von innen, immer derselbe Text, immer das Hindrängen zum Äußersten. Der Hang zum Despotentum innerhalb deiner selbst könnte durch den Austausch mit anderen geschwächt werden, durch den Aufbau neuer Optionen, durch Zerstreuung des Egozentrums, durch Verlassen des Throns, auf dem Mr. und Mrs. Ich Platz genommen haben. Das Despotentum innerhalb deiner selbst verursacht genauso viel Elend wie jedes andere Despotentum auch.

Niederlande. Seit Wochen schon war es eiskalt gewesen. Mehrere Grad unter null, der Fluss zugefroren. Die Diebe waren in der Nacht gekommen und hatten 100 Rinder aus den Ställen getrieben. Sie wollten sich auf dem kürzesten Weg mit ihnen davonstehlen. Als die Herde die Mitte des Flusses erreicht hatte, begann das Eis einzubrechen. Es war noch nicht dick genug gewesen, um dem enormen Gewicht derart vieler Tiere standzuhalten. Mit einem von der letzten Aussicht auf das Überleben entfachten Brüllen, Strampeln und Schnaufen, einem panischen Durcheinander von Hufen, Beinen, Leibern und Hörnern, um sich schlagend, einbrechend, irgendwann verstummend, ertranken die Tiere qualvoll im eiskalten Wasser. Nur wenige Stunden später, in der Morgendämmerung des anbrechenden Tages, setzte sich der chaotische Überlebenskampf fort, als die wegen der anhaltenden Kälte unter Hunger leidenden Anwohner mit ihren abgemagerten Pferden an den Fluss kamen, um die Kadaver der eingebrochenen Tiere aus dem Wasser zu ziehen. Mit Stangen und Seilen, selbst unter ständiger Gefahr, in das eisige Wasser zu stürzen, um die aussichtsreichsten Plätze streitend mit den anderen, die vom selben existenziellen Furor getrieben waren, versuchten sie unter Einsatz ihres Lebens die ertrunkenen Rinder an Land zu ziehen, deren Leiber in der aufgehenden Sonne glänzten wie fabrikneues Plastik.

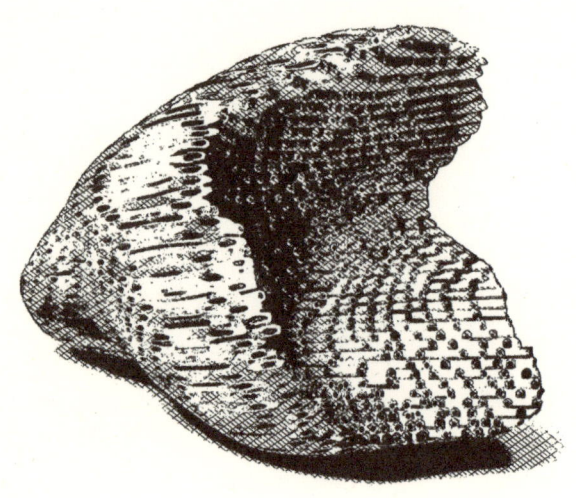

# WORTE MIETEN

*Das Sprechen macht den Menschen erst selbständig,
er kann auf diese Weise andere nach dem Weg fragen
und dann doch woanders hingehen*

Elfriede Jelinek, »Gier«

## HÄTTEN WIR GEWUSST

Wieder gab es Aufregung, weil die Anweisungen angeblich von unzureichender Deutlichkeit waren, die Vorschläge, wie behauptet wurde, nicht ausgewogen genug, die Kommunikation mangelhaft, die Kleidung, die Frisur, das Erscheinungsbild, überall ließen sich Details finden, an denen etwas auszusetzen war. Dann aber sagte endlich mal eine von denen, die diesen überflüssigen Vorwürfen ausgesetzt war: Hätten wir gewusst, dass es hier darum geht, in irgendeiner Weise perfekt zu sein, wären wir doch gar nicht hergekommen.

## FLUGBAHNEN

Nachdem sie eine Zeitlang den Himmel beobachtet hatte, sagte G. Davis: Die Bewegungen der Flugzeuge sind im Vergleich zu denen der Vögel wesentlich vorhersehbarer.

## KOMMENTATOREN

Sätze laufen wie Spinnen von Beinen getragen
Aus den Mündern heraus seit mehreren Tagen.
Es fragen sich einzelne Kommentatoren:
Was haben wir hier nur alle verloren?
Vielleicht ist es hier, es fehlt uns doch so.
Die Frage ist nur: Was es ist? Und wo?

## WAR ODER NICHT

Ich habe etwas gesehen, war mir aber nicht sicher, ob das, was ich gesehen habe, da war. Wo ich war? Da. Und als ich nicht da war, war ich auf etwas anderes konzentriert, wenn hier überhaupt von Konzentration die Rede sein kann, und wieder war mir nicht klar, ob ich dort, wo ich war, etwas gesehen habe, das da war oder nicht.

## WORTE MIETEN

Mieten uns Worte von Lebensabschnittsliebsten, Büchern, Kindern, Eltern, Leuten, Fernsehserien, Zeitungen, Mobiltelefonen, Filmen, Arbeitsplatzquatschereien, Werbesprüchen oder Zufallsbegegnungen und zahlen mit Gerede zurück, halten den Gang der Verbalökonomie aufrecht, den Austausch, das Verlorengehen des Gleichen, die Erfrischung der Sprache, der Gedanken, die zählen, erzählen.

## ANRUF

Plötzlich kam der Anruf: Sie müssen heute noch in den Flieger. Sie werden gebraucht, dringend. In 6000 Kilometern Entfernung. Sie haben 5 Minuten, um sich zu entscheiden. Die Folgen einer Absage Ihrerseits sind nicht abzuschätzen und sind von Ihnen selbst zu tragen. Welche Folgen?

## TRINKEN

In den nüchtern designten Lounges der Hotels saßen die Geschäftsleute. Das dunkle Grau der Bezüge der Sofas, auf denen sie hockten, verschlechterte ihre Stimmung von Minute zu Minute. Sie mussten trinken und trinken, die armen Geschäftsleute.

## DINGWELT

Mitten in der Konferenz drehte der Mann seinen Kopf scharf zur Seite, fixierte die linke obere Ecke der Eingangstür, als ob sich genau dort etwas unglaublich Wichtiges befinden würde, sprach aber weiter, als wäre sein Blick unabgelenkt und alles wie immer und gab dadurch den anderen am Gespräch Beteiligten das Gefühl: Ihr seid doch auch nur Bestandteile irgendeiner Dingwelt.

## ABDRUCK

Weil das Meeting nichts anderes als die Folge eines zum Zeitpunkt seiner Vereinbarung kaum beachteten Missverständnisses war, wunderte sich niemand darüber, dass die Anwesenden ständig aneinander vorbeiredeten. Erst am nächsten Morgen, als die Luft aus der aufblasbaren Matratze entwichen war, konnte Dimitri den Boden spüren, vielmehr die Maske mit dem Grinsemund, auf der er gelegen war und

die einen tiefen Abdruck auf seinem Gesäß hinterlassen
hatte. Es lächelte.

## GEFÄNGNISSE

Die Gefängnisse waren überfüllt. An jedem Gefangenen ver-
diente die Familie, die in dem schattigen Anwesen auf dem
sonnigen Berg lebte, eine beträchtliche Summe. Seit die Gefängnisse privatisiert worden waren, blühte das Geschäft.
Polizei und Justiz engagierten sich tatkräftig, möglichst viele
Leute einzusperren, um die zwischen der Regierung und
der Familie auf dem Berg vereinbarten Häftlingskontingente
zu erreichen und trugen damit kräftig zur Vermehrung des
Vermögens der Familie bei, die in dem schattigen Anwesen
auf dem sonnigen Berg lebte.

## KÖNIG

Der Mann im Gefängnis war lange schon da.
Er dachte daran, wie alles geschah.
Es ging ihm nicht gut seit Jahren schon.
Das war zu erkennen am Unterton.
Er sagte: Was soll das? Was haben die vor?
Was soll aus mir werden? Dann sagte er nur:
Bin den Rest meines Lebens hier eingeschlossen.
Dabei habe ich doch bloß den König erschossen.

## BESITZ

Während die Verteilungskämpfe im Hause Tudor genauso wie in der Umgebung der spanischen Krone nichts anderes als die Erweiterung und Verteidigung des jeweils eigenen Besitzes zum Gegenstand hatten, während also die Besitzfrage zum wesentlichsten Thema der herrschenden Klasse geworden war, badeten große Teile der Bevölkerung in gänzlich anderen Gewässern.

## EINGEFROREN

Als die letzten Nachkommen des steinreichen Mannes , der sich am Ende des vergangenen Jahrtausends hatte einfrieren lassen, gestorben waren, gab es niemanden mehr, der sich um ihn kümmerte. Sein riesiges Vermögen, das er vollständig in die eigene Kühlkonservierung investiert hatte, reichte für 900 Jahre Einfrieren. Als er nach diesem Zeitraum aufgetaut wurde und beginnen wollte, mit der neuen Situation klarzukommen, wurde er von einem harmlosen, seinem Organismus aber gänzlich unbekannten Virus befallen und war nach einer Woche unwiderruflich tot. Auch so kann Vermögen vergeudet werden.

## PERSPEKTIVENWECHSEL

Gekleidet wie junge Adelige, vollgepumpt mit Zahlen und Zeitgeist liefen sie in den Bathrooms und Restrooms auf und ab und schluckten Wachbleibepillen, um den mit extremer Lautstärke gespielten Sound nicht zu versäumen, der einige Tage später noch in ihren Ohren dröhnte, als sie längst schon wieder bei den Meetings abhingen, mit ausgeschlafenen Businessleuten Whiskey trinkend, transatlantische Geschäfte abwickelnd, durch unterirdische Überseekabel digitale Geldströme schickend, wasserpfeiferauchend und sushiessend. Ihre Köpfe glühten wie LED-Lampen, im irrealen Lichterschein fühlten sie sich wie auf dem Gipfel eines soeben ausbrechenden Geldvulkans im Zentrum des globalen Finanzkarnevals und verschoben die Millionen mit gespielter Leichtigkeit, die Risikobereitschaft hing von ihrem Selbstvertrauen ab, das durch teure chemische Substanzen auf bahnbrechend hohem Niveau gehalten wurde und wie bei den meisten Dingen war auch hier alles eine Frage der Perspektive, die sich durch eine Änderung des Standpunkts innerhalb des Raums locker ändern ließ, wie wir seit der Renaissance wissen und selbst der Perspektivenwechsel, der unter anderen Umständen ein Zeichen von Empathie hätte sein können, war in diesem Fall ein ökonomischer Move der rationalsten Art, den Blick der Gegenseite kennenzulernen war gewinnbringend genug, um diese Maßnahme zu rechtfertigen und unerwartet änderte sich ihre Perspektive abermals, als der Strudel der Ereignisse sie erfasste wie eine mit hoher Geschwindigkeit rotierende Klospülung, die sie in den Abfluss saugte und in eine dunkle Kloake spülte, in der zu landen sie sich niemals hätten träumen lassen in ihrem abgekarteten Leben.

## ZEITDOSENFLEISCH

Die Arbeiter gruben mit Schaufeln quadratische Löcher in den Sand. In der Mittagspause aßen sie Zeitdosenfleisch. Nachdem dauernd alles zeitgleich mit allem anderem stattfand, das eine hier geschah und das andere dort, sich das, was sich gegenwärtig abspielte, mit dem ständig neu Dazukommenden und dem Vergangenen mischte, wurde das Leben nur mehr genannt: in der Zwischenzeit.

## 11:08

Unter dem geparkten Lastwagen,
In der Auslage des Kleidergeschäftes,
Auf dem Dach des Imbissstandes,
Hinter der Bushaltestelle und vor der Tür:
Überall schliefen Leute.

## FERNVERKEHR

Im Vorbeifahren wirken sie wie Sterne am Himmel, so weit weg und rätselhaft, ihr Inhalt ist ein Geheimnis, den ganzen Tag fahren sie und auch in der Nacht, auf allen Kontinenten rollen sie mit ihrem monotonen Sound an uns vorbei, erzählen uns, dass die Wirtschaft das Kaufen braucht, das Kaufen, das von der Wirtschaft als Grundvoraussetzung des Lebens verstanden wird, ohne Kaufen kein Atmen, ohne Geschäft kein Gewinn, kein Business ohne Lastwägen. Woanders wird etwas gebraucht. Deshalb wird es gebracht. Jede Fahrt ein Verdienst. Der Verkehr. Der Ärger. Gehören dazu. Sitzen in ihren gigantischen Fahrzeugen, sehen alles, wollen aber nichts hören. Schimpfwörter fliegen über den Asphalt, wenn die Autos zusammengestoßen sind oder das Essen zu Hause verbrannt ist oder die Inneneinrichtung. Nächste Lieferung. (Und dabei sind sie doch nur die klitzekleinen Verteiler dessen, was auf den Containerschiffen beinahe unbeobachtet übers Meer transportiert wird, das größte von ihnen wurde neulich mit 24.000 Lastwagenladungen beladen.)

## VERBRAUCHER

Wir werden gebraucht.
Denn wir sind die Verbraucher.
Würden wir das Zeug,
Das wir gekauft haben,
Nicht verbrauchen,
Wir würden ja nichts Neues mehr kaufen.
Also verbrauchen wir.

## GEBIRGSKETTEN

Die Silhouette einer dieser westamerikanischen Gebirgsketten hatte denselben Verlauf wie der Aktienkurs von Nicenough Enterprises. Am Anfang steil aufwärts, dann in gemäßigter Auf- und Abbewegung weiter und am anderen Ende wieder jäh auf Null abfallend.

## ETIKETTEN

Was wir nur täten
Ohne die Etiketten
Auf denen steht
Was die Sachen kosten
Die wir gerne hätten

## DU KANNST DICH FÜHLEN

Wie eine mit Plastikbändern am Produktbeschreibungskarton festgezurrte Knoblauchpresse, wie eine am Himmel schwebende Cumuluswolke, wie ein zwischen Reiterin und Pferd eingeklemmter Sattel, wie Erdnüsse in einer luftdicht verschweißten Folie, wie eins von hundertfünfzig aneinanderhängenden blütenweißen Blättern auf einer Küchenrolle, wie ein mit Helium gefüllter Luftballon, der losgelassen wurde, um davonzufliegen, dessen Leine aber kurz nach dem Start an einer Dachrinne hängengeblieben ist, worauf-

hin der Ballon vom Wind ständig und heftig gegen die Dach-
kante geschlagen wird, wie ein Laib Brot, der auf einem
Tisch in einem Raum mit 40 Grad liegt, wie frisch gewa-
schene Wäsche, die im Freien zum Trocknen aufgehängt
wurde, wie eine Forelle, die in einem mit Cola gefüllten Be-
cken schwimmt, wie eine von einem Lastwagen überfahrene
Orange, auf der 15 Fliegen sitzen, die Flüssigkeit aus ihr sau-
gen, wie eine dösende Katze oder wie eine zusammenge-
knüllte Papiertüte, die für eine auf dem Boden hockende
Taube gehalten wird.

## LIKE-FARMS

Unzählige arbeitslose, verarmte Intellektuelle arbeiteten, um
ihr Überleben hinzukriegen, in sogenannten Like-Farms,
d. h. sie drückten täglich für einen Dreckslohn Millionen
Mal im Internet die Like-Buttons diverser Firmen und Produkte, um deren Aufmerksamkeitslevel und Beliebtheit zu
pushen. Die Gesinnung ihrer Auftraggeber war ihnen extrem zuwider. Aber sie hatten keine Mittel gegen Steve oder
Tim. Oder wie sie alle heißen.

## HALBPREIS

Der Tag ging nicht vorbei
Die Belegschaft ging essen
Halbpreis volle Portion
Gegen fünf kam das Signal
Die Sonne blieb ruhig
Die Welt lärmte
Lahmte
Lähmte

## GERNE FÜR SIE DA

Ein Mann pinkelte ins Pissoir. Auf den Rücken seines Shirts
war der Propagandaspruch des Weltkonzerns gedruckt, für
den er arbeitete. Der Slogan lautete: Ich bin gerne für Sie
da. Als der vor dem Pissoir neben ihm Stehende den Spruch
las, fragte er sich: Was will er hier? Was will er uns sagen?

## WIE FÜR MICH GEMACHT

Auf großformatigen Werbeflächen machte die Bank die ihrer
Meinung nach toporiginelle Propaganda für ihr neuestes
Produkt, den Wie-für-mich-gemacht-Kredit, jetzt mit extra
günstigen Zinsen. Die Kundschaft allerdings war erzürnt
über die Unverschämtheit der Bank, nur von ihrem eigenen
Vorteil zu sprechen.

## MARKE

Aus dem eigenen Namen haben sie eine Marke gemacht, so
wie Helmut Lang und Victoria Beckham. Aus jedem Namen
kannst du eine Marke machen. Bleibt nur mehr die Frage,
was produziert und verkauft deine Marke. Oder produziert
und verkauft deine Marke gar nichts? Auch egal. Hauptsache
Marke.

## MARKETING

Esteban, am Rand des Feuers stehend: Alles Marketing. Alle
S Marketing. Si claro. Alles, was S-förmig ist. Die Krümmung des Sofas, des Raums, die Bilder der Nackten, der
Film über die Probleme der Betrogenen, alles Marketing.
Elektrische Gitarre, alter Hut, schwerer Deckel. Die politische Lage hat sich geändert. Empathie, Umsturz, Veränderung, alles Marketing.

## MARKT

Immer wieder hieß es, der Markt sei außer Kontrolle geraten.
Als ob der Markt ein wild herumstreunendes, hochgefährli-
ches Tier wäre, vor dem sich alle fürchten und das nicht ge-
zähmt werden kann.

## SUPERMARKT

Die Kundschaft fühlte sich hohl wie Schokoladenmäuse, die Mäntel in den Auslagen waren Sträucher, die Schuhe Blätter, der Regen Millionen spitze Nägel, die auf uns niederprasselten. Natur war wie früher der Supermarkt, wo es alles gab, was noch da war.

## VALENTINA

Der lange Schatten des Körpers
Der Tochter der Angestellten Valentina
Lag am Boden wie die überfahrene Kopie einer Schlange
Nichts ging ihrer Mutter mehr auf die Nerven
Wie die an irgendwelchen Haaren herbeigezogenen
Vergleiche

## BRANDING

Werbung. Überall Werbung. Branding. Alle werben mit raffiniertem Self-Branding für sich selbst, versuchen, sich interessant erscheinen zu lassen, damit sie. Was? Gekauft werden? Will mich jemand kaufen? Ein Geschäft mit mir machen? Aus mir? Ja, wunderbar. Fühle mich sowieso schon die längste Zeit wie eine abgenutzte Präzisionsdrehmaschine mit Zyklensteuerung.

## BRAND

Die Feuerwehr war zu einem Einsatz am Hafengelände gerufen worden. In der Halle für Gefahrengüter war ein Brand ausgebrochen, ausgelöst durch die Zersetzung von Ammoniumnitrat, was bei höheren Temperaturen zu Detonationen führen kann. Die Feuerwehrleute versuchten den Brand mit Wasser zu bekämpfen und beschleunigten dadurch den Fortgang der Katastrophe. Das in der Halle gelagerte Kalziumkarbid reagierte mit Wasser zu hochexplosivem Acetylen. Durch die austretenden Giftstoffe waren Luft und Wasser im Umkreis von mehreren Kilometern langfristig kontaminiert.

## BRANDUNG

Je flacher das Ufer, umso höher die Wellen, die tosend an den Strand krachten und als schäumende Fläche wieder dorthin zurückflossen, von wo sie gekommen waren. Als wir nachsehen wollten, ob sie etwas angespült hatten, mussten wir zurückweichen, denn es kam schon wieder die nächste Welle und die nächste und die nächste.

## FOLGEGESCHÄFTE

Der Werbung für die fettigen, massiv cholesterinhaltigen Fleischbällchen folgte eine für Pillen gegen Fettleibigkeit, der Werbung für die mit übermäßig viel Zucker gefüllten

Schokokekse folgte eine für Zahnpasta gegen Karies. Alles aus demselben Konzern.

## BILLIGER

Die Dinge sind so teuer
Die Kosten gehen hinauf
Es wird immer teurer
Und es hört nicht auf

Die Steuerung der Leute
Durch Preise und Verdienst
Ist prinzipiell ein Killer
Von Tokio bis Linz

Es wird alles knapper
Knapper noch als knapp
Und wenn es nicht mehr knapper geht
Dann drehen wir es ab

Ab dann wird alles billiger
Verteilt aufs Kollektiv
Da freuen wir uns sehr darauf
Und zwar definitiv

## RAUCH

Rauch steigt auf. Rauch, der aus unseren Körpern kommt. Die Hochkultur lehnt den Alltag ab. Auch die Arbeiterschaft hasst ihn. Der Rauch ist die Sichtbarmachung des Atems, der Dampf, der unter Druck entstanden ist. Was tun mit der Hitze?

## DIE ALTEN LEBENSFORMEN

In letzter Zeit war der Regen so klebrig.
Das Öl, das Benzin, alles kam runter wie Kackdusche.
Das Wasser wärmer als die Jahre davor,
Wie die Temperaturen in Houston und Moskau.
Neue Lebensformen erhielten eine Chance,
Die alten Lebensformen hatten die Welt ruiniert.
Viele dachten immer noch,
Es würde reichen, die Fenster zu schließen,
Während andere direkt auf die Gefahr zurasten.
Der Antrieb hatte sich verselbständigt.
Leere Kilometer.
Volle Emission.

## REKORD

Der sogenannte Extremkletterer hatte die höchsten Berge bestiegen, die größten Sand- und Eiswüsten durchquert, mit

Sauerstoff und ohne, mit abgefrorenen Zehen und ohne. Und was haben wir davon, außer der ermüdenden Erkenntnis, dass Rekordsucht eine sinnlose Krankheit ist?

## WEICHER KERN

Wie Billardkugeln knallen wir aufeinander,
Harte Schale auf harte Schale.

Dazu läuft der Werbespot, extrem laut:
Es steckt in uns allen.
Das Verlangen nach Wettstreit,
Die Lust auf Adrenalin.

Klack. Klack.

Das Tempo der Kugeln erhöht sich.
Das Knallen wird lauter.

## DAS NACHLASSEN

Seit Jahrtausenden war die Wirtschaftsleistung gestiegen, immer nur gestiegen und gestiegen. Als die Wirtschaftsleistung sich irgendwann zu verringern begann, gab es anfänglich eine Menge Verunsicherung und Panik. Doch mit der Zeit begannen sich alle auf die Verringerung der Wirtschaftsleistung einzustellen und mittlerweile war auch klar geworden, dass, hätte sich die Wirtschaftsleistung, so wie bisher, immer noch weiter gesteigert, niemand überlebt hätte. Deshalb die allgemeine Erleichterung über das Nachlassen der Wirtschaftsleistung.

## DAZUGEKOMMEN

Wäre nicht dauernd so viel vorgekommen.
Hätten wir uns nur nicht so viel vorgenommen.
Wäre nicht ständig so viel dazugekommen.
Wer weiß, vielleicht wären wir davongekommen.
Und nicht alles wäre davongeschwommen.

## SCHLAMASSEL

Jetzt gehen die in irgendeine Arbeit, damit die Wirtschaft und die Arbeitsplätze und die Heizung am Laufen bleiben, stressen herum mit ihrem Wecker früh am Morgen und die Kinder müssen zur Schule gebracht werden und das Durchschnittseinkommen ist zehnmal höher als in Myanmar oder Ägypten und während der Wecker nervt, hat niemand die Nerven, auch noch an so etwas zu denken und die größte Freude, die in diesem Schlamassel noch übrigbleibt, ist die, sich mit jenen, die dieselben Probleme haben, über die Umstände zu beklagen. Die Klage über die Umstände vereint und wärmt.

## RÜCKSICHT

Wie Insekten suchten und fanden die Kaufwilligen den kürzesten Weg, drängten nach vorn, nahmen keine Rücksicht auf die anderen, stiegen über sie drüber, ließen sie liegen, vergaßen sie, drängten weiter. Wie hungrige Tiere.

## ENTSPANNUNG

Falls ihr wissen wollt, was mein Hauptproblem ist, sagte Empunkt Soleinikov: dass hier in diesem lifestyledominierenden Wettbewerbskapitalismus Energie, Aktivität und Leistung als das einzig Gute und Erstrebenswerte angesehen werden. Das Schwache und Müde hingegen werden abgelehnt, Schwäche wird negativ bewertet. Und dabei gibt es das eine ohne das andere nicht, läuft nicht. Das Aktive und das Ruhende sind unterschiedliche Seiten desselben Dings. Wenn die eine Seite zu stark wird und die andere zu schwach, und so ist es oft, dann geht es darum, einen Ausgleich anzustreben, beide Seiten in ein ausgewogenes Verhältnis zu bringen. Demgegenüber aber die Devise im Westen: aktiv ist gut, inaktiv schlecht. Und deshalb leidet der galoppierende Westen an Depression. Weil die Entspannung hier keinen Platz finden kann. Weil der schwache Aspekt permanent denunziert wird. Die Depression ist der pathologisch gewordene Ersatz für das im Konkurrenzsystem grundsätzlich diffamierte Bedürfnis nach Entspannung. Tabletten, Alkohol und sonstiges Dope können beim Mitmachen bzw. Nichtmitmachen helfen und steigern überdies den Umsatz. (Das Wirtschaftsvolumen von Alkohol, Pillen, Gras und Koks ist das mit Abstand größte weltweit.) Dass Schwäche und Stille genauso ihren Platz brauchen wie Aktivität und Energie, wird leider nicht verstanden in der Konkurrenzgesellschaft. Das ist mein Hauptproblem.

## VERKLEIDET ALS ZIVILISTEN

Alle waren Militärs. Verkleidet als Zivilisten. Zogen ihre Waffen und ballerten auf alles, was es zu kaufen gab. Software, Hardware, Weichwaren, Hartwaren, Teigwaren. Alles kaputt.

## ZUNEHMENDE GEWALT

Spielzeug-Sets haben sich in den letzten Jahrzehnten deutlich verändert. Die Wissenschaft analysierte Lego-Kataloge und stellte fest, dass auf 40 Prozent der Seiten gewaltsame Szenen zu sehen sind. Besonders Szenarien, die Schießen oder bedrohendes Verhalten zeigen, haben über die Jahre massiv zugenommen. Gegenwärtig sind in 30 Prozent der Lego-Kits Waffen zu finden. Als Grund wird folgender Trend angegeben: Bei der Entwicklung von Videospielen, Filmen oder Spielzeug wird versucht, mitreißendere Produkte herzustellen als die Konkurrenz. Dabei ist die Zunahme von Gewalt die auffälligste Eigenschaft. Lego-Sprecherin Kathrine Vase glaubt allerdings nicht, dass die wachsende Zahl von Waffen in den Spielzeug-Sets einen negativen Einfluss auf Kinder hat: Konfliktszenarien seien Teil davon, wie Kinder lernen würden, Konflikte im wirklichen Leben zu lösen. Beim Spielen gehe es um Spaß. Voll lustig.

## BORIS

Eine Spritze und alles ist gut.
Gut wie ein Leck.
Boris kontaktierte die Batterie.
Sie hat bis heute nicht reagiert.
Deshalb die Probleme.

## GHOST

Die Geister, die unerwartet auftauchen und Geschichten von früher erzählen, die Erinnerungen zum Gegenwert von Gegenwart machen können. Haben wir nicht aus den zerstörerischen Vorgängen gelernt, dass, wenn die Zustände zu extrem werden und wir uns ihnen nicht mehr entziehen können, es angesagt ist, uns für Zustände einzusetzen, die so unextrem wie möglich sind, sagte einer der Geister, der eigentlich ein Ghost war, der englischsprachige Ghost schien durchsichtiger zu sein als der deutschsprachige Geist. Wer von ihnen auch immer es war, er fragte sich, was aus Initiativen wie zum Beispiel der trikontinentalen Konferenz geworden war, zu der im Januar 1966 512 Abgesandte aus

82 Ländern in Havanna zusammengekommen waren, um den Austausch unter den dekolonisierten Ländern Afrikas, Asiens und Lateinamerikas zu forcieren und Strategien für eine globale ökonomische und politische Zusammenarbeit zu entwickeln, vielleicht die letzte Chance, die Totalvermüllung des Planeten noch abzuwenden. Was daraus geworden war? Niemand wollte antworten, es war einfach zu peinlich, was seither passiert war. Global peinlich. Die Geister aber hörten nicht auf, immer wieder vorbeizukommen, anzuklopfen, nachzufragen und von jenen Geschichten zu erzählen, ohne die es uns nicht möglich wäre, die zeitgenössischen Zustände zu durchschauen, die Geister, die uns erklärten, dass wir nur in einer von vielen Möglichkeiten leben würden und nicht darauf vergessen sollten, uns gefälligst nicht nur mit der herrschenden, sondern auch mit anderen Möglichkeiten zu beschäftigen.

## DIE STÄRKEREN

Welche Sprache. Welche Farbe. Welcher Spray. Eine Religion schimpft auf die andere, eine Bevölkerungsgruppe auf die nächste. Dabei machen sie es doch alle: Politik im Namen einer höheren Gewalt. Zählen die Leute. Ziehen die Grenzen. Die einen fühlen sich besser, die anderen fühlen sich fremd. Die Gewalttätigkeit der Überlegenen, niemand will ihr ausgesetzt sein. Manche dachten vergeblich, es würde sich um einen Irrtum handeln. Aber es war wirklich so. Die Stärkeren gaben nicht nach. Nie.

## NEUE ARCHITEKTUR

Um zu überzeugenden Entscheidungen zu kommen, muss die Politik die verteilte Intelligenz von Fachgemeinschaften nutzen. Ein derart komplexer Prozess wie die gesellschaftliche Entwicklung sollte nicht unterkomplex behandelt werden, d.h. eine einzelne Person oder eine kleine Gruppe nicht die Entscheidungen für alle anderen treffen. Unter den Druckwellen von Globalisierung und Komplexitätssteigerung ist die Entwicklung einer neuen Architektur von Demokratie notwendig geworden.

## KRETA

Ein großer Batzen Flüssigkeit platschte an die Wand. Aus dem nassen Fleck trat ein Tropfen hervor und schlängelte sich die Mauer entlang, langsam und stetig. Der Tropfen folgte aber nicht der Schwerkraft, er verhielt sich vielmehr so, als würde er einem Plan folgen, als gäbe es eine Form, die er selbsttätig und zielstrebig nachzeichnete. Am Ende, als der Tropfen die gesamte Flüssigkeit, die im Fleck enthalten war, für die Linie, die er über die Mauer zog, verbraucht hatte, wurde erkennbar, was der Tropfen auf der Mauer hinterlassen hatte. Es war der Umriss der Insel Kreta. Angesichts dessen kam allerdings niemand auf die Idee, den Ausspruch des Kreters Epimenides zu erwähnen, der im 6. Jahrhundert vor Null gesagt haben soll: Alle Kreter sind Lügner.

## ZIVILISATIONSADEL

Raymond Biensur, für den es selbstverständlich war, sich nicht zurückzuhalten: Wir haben viel zu viel gegessen. Den anderen nichts übriggelassen. Den anderen dafür aber Geschichten über unsere guten Absichten erzählt. Ihnen immer gesagt, dass wir eigentlich nicht egoistisch wären, sondern uns um das Gesamte kümmern wollten, die Verhältnisse aber nicht ändern könnten. Und letztlich die Tatsache, dass wir nichts ändern könnten, uns geradezu zwinge zu dieser übergewichtigen Ungerechtigkeit, uns, die wir im oberen Zehntel der Neun-Zehntel-Ökonomie feststecken wie Gewehrkugeln im Elefantenfleisch. Wir sind die bombastische, bohemistische Luxusmittelschicht, Mitglieder des sich selbst für aufgeklärt und gerecht haltenden, selbstbezogenen Zivilisationsadels, militärisch beschützt von den teuersten Systemen, wir sind diejenigen, die an allen Ecken und Enden des Planeten die Entstehung problematischer Verhältnisse begünstigen, einfach durch die über Jahrhunderte gewaltsam produzierte ökonomische Überlegenheit und die daraus folgende strukturelle Arroganz. Was für ein verheerender Lebensstil.

## GERECHT

Große westliche Erdölfirmen, die seit hundert und mehr Jahren in den arabischen Ländern Öl und Erdgas aus dem Boden pumpten, mithilfe von Geheimdiensten und Waffenlieferungen ihnen genehme Regimes an der Macht hielten, alljährlich Gewinne in Milliardenhöhe machten und stets die Interessen und Bedürfnisse der lokalen Bevölkerungen missachteten, stellten für die Millionen Flüchtlinge, die wegen der von diesen Ölfirmen betriebenen fatalistischen und Kriege auslösenden Vorgehensweise nach Europa flüchten mussten, gut ausgestattete und langfristig bewohnbare Unterkünfte und ausreichend Verpflegung zur Verfügung. Zumindest wäre das nur gerecht gewesen.

## ELEKTROAUTO

Veralteter Feldmarschall, da stehst du mit deinem Marmormantel, wie viele unsinnige Jahrhunderte noch auf deinem bombastischen Sockel mit diesem lächerlichen Säbel in der Hand, um uns an das grauenhafte Gemetzel zu erinnern damals vor hunderten von Jahren, von dem dieser Staat heute noch profitiert durch seinen Standortvorteil. Deshalb wurde das allerneueste selbstfahrende Elektroauto auch Sfx 25.000 genannt, im Andenken an die Zahl der Gemeuchelten damals, in der großen, blutigen Schlacht.

## VORBEI

Die großen Zeiten.
Gut, dass sie vorbei sind.
Nur die wenigsten haben von ihnen profitiert.

## MITMUSS

Auch unter den schwierigsten äußeren Bedingungen wurde versucht, einen geregelten Ablauf der Lebensumstände beizubehalten. Die Errungenschaften der vergangenen Jahre und Jahrzehnte sollten nicht verlorengehen wegen des Erdbebens, der Stürme, der Hitzewelle oder der Virus-Pandemie. Der Rhythmus wollte aufrechterhalten werden. Dieser unsinnige Rhythmus, bei dem alles mitmuss.

## EXTREMISMUS

Geh bitte weg
Geh auf deine Position
Verzieh dich in deine Luxusstation.
Der Wert deiner Aussagen ist Null,
Solange sich diese nur um dich drehen.
Deine Unfähigkeit,
Die Dinge aus der Sicht von Nichtdir zu sehen
Ist ein Zeichen für deinen Extremismus,
Den du aber für nichts Besonderes hältst,
Weil du nur von Extremisten umgeben bist.

## ZÄUNE

Um den Absturz in den psychischen Abgrund zu vermeiden, errichtete Glenn Spamashurian Zäune in seinem Gehirn.

Das Unangenehme, das Störende, sie sollten draußen bleiben. Bald aber hatte er das Gefühl, sein Innerstes wäre vom Militär beherrscht. Er musste an den Satz von 1977 denken, der da lautete: Lass keinen General in dir aufkommen. Sämtliche Zäune wurden bei der geringfügigsten Überschwemmung außerdem sowieso weggespült wie Papier.

## ERFREULICHERWEISE

Am Ende so mancher Diskussion kam es erfreulicherweise gelegentlich dazu, dass wir eine der anwesenden Personen sagen hören konnten: Es besteht keine Gefahr. Ich bin die Gefahr.

## METZELREIME

Wer nichts sagt wird verklagt
Wer nicht lügt wird gerügt
Wer nicht schnauft wird verkauft
Wer nichts hört wird zerstört

Wer nicht läuft wird ersäuft
Wer nichts trägt wird zersägt
Wer verdrängt wird gehängt
Wer nicht lacht wird umgebracht

Wer nicht chillt wird gegrillt
Wer nicht würzt wird gestürzt
Wer nicht isst wird gedisst
Wer nicht trinkt wird verlinkt

Wer nicht denkt wird verschenkt
Wer nichts spürt wird entführt
Wer nichts wagt wird geplagt
Wer nicht will bleibe still


## WASSERTROPFEN

Der Posterboy, der vom Parfumwerbungsplakat auf der Auslagenscheibe des Drogeriemarkts die Leute mit retuschiertem Blick ansah. Ruby betrachtete ihn, überlegte kurz und dachte: Das ist doch der, der gestern Abend diesem Radfahrer, der im Vorbeifahren unabsichtlich einen Wassertropfen aus der Regenpfütze auf einem seiner beiden 800-Dollar-Schuhe hinterließ, lauthals nachrief: Untermensch! Kann sein Drecksparfum behalten.


## FRÜHLING

Zum hundertsten Mal: Der erste warme Frühlingstag. Scharenweise laufen Leute durchs Bild, von denen niemand sagen kann, wo sie sich während der vergangenen sechs Monate versteckt hielten. In den Gratiszeitungen ist die Welt ein

Schlachthaus. Eine alte Frau raucht leger eine Zigarre, der Mann neben ihr hängt mit Herzstillstand leblos im Sessel. Am Nebentisch brüllt ein Choleriker in sein Mobiltelefon, wirft dieses nach 2 Minuten der Raserei auf den Boden und trampelt mit seinen Füßen darauf herum, bis es zerspringt. Seine Schuhe sind mit Metallsohlen ausgestattet. Ein mehrstimmiger Chor singt dazu in endloser Wiederholung: Brainrace. Wie wird es weitergehen? Wir können es kaum erwarten.

## UNSCHARF

Als wir diejenigen trafen
Deren Köpfe auf den Fotos unscharf gemacht worden waren
Damit sie nicht erkannt werden konnten
Stellten wir fest
Dass wir diejenigen
Deren Köpfe auf den Fotos unscharf gemacht worden waren
Gar nicht kennen wollten

## REGENSCHIRM

Grauer als die dunkelsten Wolken hagelte er auf sie ein mit haltlosen Formulierungen, vererbtes Gehabe aufwirbelnd, sich wie ein Tornado um sich selbst drehend, mit unglaublicher Geschwindigkeit dahinrasend, ohne Zurückhaltung. Dummerweise konnte sie genau in diesem Moment ihren Regenschirm nicht finden.

## GEMEINSAMKEIT

Er dachte an sie. Sie an ihn. Er dachte auf ganz andere Weise an sie als sie an ihn, nämlich auf seine ganz eigene Weise, so wie auch sie auf ihre ganz eigene Weise an ihn dachte. Es gab allerdings einige gemeinsame Elemente in ihrem Denken, eines davon war: das Vorwurfsvolle. Aus ihren jeweiligen Positionen schaufelten sie eine Menge negativer Ansichten in Richtung ihres Gegenübers, beide. Sie fand, er hätte so vieles falsch gemacht, sich falsch verhalten, falsch reagiert. Genauso hielt auch er ihr Verhalten für nicht richtig, er hielt es sogar für richtig daneben. Ihr eigenes Verhalten allerdings schätzten sie beide nicht als falsch ein, vielmehr erwarteten sie sich Verständnis dafür, was eine weitere Gemeinsamkeit in ihrem Denken darstellte. Nachdem sich weder für sie noch für ihn am näheren Horizont eine Möglichkeit abzeichnete, die Form des Denkens an ihn beziehungsweise an sie anders zu gestalten, waren sie gezwungen, weiterhin in denselben Bahnen zu denken, die sie schon die längste Zeit benutzten. Dabei dachten sie permanent aneinander.


## NUR NICHT ALLEINE SEIN

Jemand dachte sich ganz still
Und das im hellsten Sonnenschein:
Nicht, dass ich sie sehen will
Ich will nur nicht alleine sein.

Wer dieses sie in dem Fall war,
Ist bis heute nicht ganz klar.
Mehrere Leute? Eine Frau?
Niemand weiß es so genau.

Eine Stunde später dann,
Rief ihn irgendjemand an.
Und sagte mit dem Unterton,
Den von oben, kennwa schon:

Nicht, dass ich jetzt reden will,
Es ist nur grad so furchtbar still.

## MILCH

Sie hatte ihr Herz ausgeschüttet. Wie Milch, die auf einem
Bahnsteig verschüttet worden ist und von den Schuhsohlen
derjenigen, die nicht darauf achteten, mit Abdrücken unterschiedlicher Größe und Struktur auf dem Bahnsteig verteilt
wurde. Sie dachte: Mein Herz! Währenddessen war der
Milchfleck schon vertrocknet. Die Fußabdrücke auch. Genauso ihr Herz.

## PROBIERT

Deine Augen sind Tasten
Was du sagst ist Substrat
Ohne Limits können wir reden
Hallo Einbildungskraft

Hätten wir nicht experimentiert
Hätten wir es nicht probiert
Hätten wir nie erfahren
Was passiert


## BESCHWERDEN

Sie trugen Parfum auf, sahen im Spiegel Bilder von sich, tranken Schnaps und rauchten Pulver, lasen Artikel über die Ursachen der aktuellen Kriege, fühlten sich nicht dafür zuständig, bestellten Kleidung, Kunst und Spielsachen online, trafen am Abend so genannte Bekannte, d. h. Leute mit Kindern derselben Altersstufe wie ihre eigenen, redeten über ihre jeweiligen Beschwerden, beschwerten sich über die Rüstungsindustrie, die Regierung, das Wetter, andere Regierungen, andere Leute, über alle außer die Anwesenden beschwerten sie sich. Nach einigen Stunden löste sich das Treffen wieder auf und die in verschiedene Richtungen abgehenden Paare begannen, kaum waren die Bekannten außer Hörweite, über diverse Eigenheiten derselben zu lästern, und zwar so lange, bis endlich alle ihre jeweiligen Wohnungen erreicht hatten. Dort gingen sie zu Bett und nahmen in ihren Köpfen eine enorme Abneigung gegenüber den nun jeweils neben ihnen liegenden wahr. Sie sagten aber nichts mehr. Morgen kam ja auch noch ein Tag.

## BITTE

Als sie über die Landstraße fuhr, immer auf ihrer Seite, der Gegenverkehr genauso, dachte sie zwischendurch: Stabile Psyche. Bleibt bitte alle in eurer Spur!

## DURCHDREHEN

Diejenigen, die es im Lauf der Zeit geschafft hatten, ihre sieben Zwetschgen zusammen zu bekommen und eine Art von Übersicht über sich und das Leben um sie herum zu erlangen, wurden trotzdem dauerhaft von einem quälenden Gedanken beunruhigt, nämlich: Wird jemand durchdrehen? Und wann?

## SÖDERGREN

Ich lass dich nicht im Regen stehn,
Sagte Wilma Södergren.
Um sich daraufhin umzudrehn
Und einfach wortlos wegzugehn.
Und er? Er blieb im Regen stehn.

## ALISON ZU MATTI

Immer sprichst du von den Fakten. Weil, habe ich dich sagen hören, die Fakten wichtig wären. Im Gegensatz zum Erfundenen. Erfunden sei ja nur erfunden. Die Fakten hingegen, sagst du, die Fakten, ja die Fakten. Und dabei ist die Geschichte deines Lebens, die du dir selbst jeden Tag erzählst, doch auch nur erfunden. Andere Geschichten mischen sich hinein, die großen anderen, die kleinen eigenen, all die Bestandteile, aus denen du die Erzählung über dich selbst zusammensetzt, alles Fiktion. Solange du aber nicht verstehst, dass es sich hier um Fiktion handelt, kannst du auch nichts daran ändern. Und solange bleibst du in der Falle.

## KARL UND CLAUDIA

Karl ist mit Claudia zusammen. Claudia aber nicht mit Karl. Gefühlsmäßig. Das heißt, er sieht es anders, als sie es sieht und sie anders als er, der es so sieht und sie so. Beide 15. Oder 65.

## KIM UND TIM

Kim und Tim fühlten sich, als wären sie die ganze Nacht auf dem abgeschalteten Sessellift sitzengeblieben, als wären sie dort vergessen und erst am nächsten Morgen entdeckt worden. Sie waren darüber so erzürnt, dass sie eine Bergabbauorganisation gründeten, deren Ziel es war, den ganzen verdammten Berg, auf dessen Spitze der Sessellift führte, zu beseitigen. Und obwohl sie den weltweit effektivsten Sprengstoff benutzten, dauerte es 400 Jahre, bis sie und ihre Nachkommen den Berg weggesprengt hatten, zumindest die Hälfte davon. Zu diesem Zeitpunkt wusste schon längst niemand mehr, was der Auslöser für die Sprengungen gewesen war. Aber das Unternehmen florierte.

## MARRY UND HARRY

Mary und Harry, die diesen wundervollen Moment, den sie soeben gemeinsam erlebt hatten, einfrieren und damit unvergesslich machen wollten, weil er so schön war, sie wurden, nachdem ihr Wunsch sich buchstäblich und restlos erfüllt hatte, in ihrem gänzlich eingefrorenen Zustand von vorbeikommenden Spitzpickelrobotern in kleine Eisstücke zerhackt, die anschließend in einem Freizeitpark verteilt wurden, wo sie kurz darauf von Vögeln und Ratten als Leckerbissen weggeschleckt wurden, so wie Erdbeervanilleeis von kleinen Kindern am sommerlichsten Nachmittag.

## ALWINA ZU EDDY

Bevor wir zusammen waren,
Waren wir doch auch getrennt,
So wie jetzt, also was soll's.
Eddys Augen waren nass wie der Atlantik.

## DAMALS

Während sie sich von ihm verabschiedete, fragte sie sich, ob sie sich dabei nicht auch von ihrer eigenen Vorstellung von Beziehung verabschiedete, die sie damals hatte, als sie ihn kennenlernte.

## DAS TRENNENDE

Die Eltern der Kinder trennten sich, die Eltern der Eltern trennten sich, die Kinder der Eltern trennten sich, diejenigen, die das traurig fanden, trennten sich und die, denen das egal war, trennten sich auch. Es war eindeutig das Trennende, das sie alle verband.

## DURCHREISENDE

Zu viel Gegenwart!
Dachte die Frau
Mit den Schlüsseln und der Tasche
Und dem Handy in der Hand.
Die ganze Zeit habe ich mir
Mit Unfug verdorben.
Wäre ich doch besser
Durchreisende geworden.

## EI

Der Kopf des Angestellten, der nun schon seit Jahrzehnten in der Filiale einer Großbank für die Abrechnung der Sollzinsen zuständig war, hatte dieselbe Form wie das Frühstücksei, das auf der Terrasse eines Fünf-Sterne-Hotels mit teurer Aussicht von einer Dame, die hier ihren Urlaub verbrachte, im hellsten Sonnenschein mit einem scharfen Messer geköpft wurde, dass das Eigelb nur so herausquoll. Wäre der Inhalt des Eis nicht gelb gewesen, sondern rot, sie hätte vielleicht an eine Enthauptung gedacht.


## SCHOKOLADE

Der Onkel öffnete die Schachtel mit der dunkelbraunen Schokolade und rief voll Begeisterung: Oh, dieses Blau! Die anwesenden Angehörigen flüsterten sich leicht genervt zu: Er braucht schon wieder stärkere Pillen.


## WURST

Die Besucherin des Gartenfestes, die wegen dieser endlos langen Dienstbesprechung zwei Stunden zu spät gekommen war, fühlte sich plötzlich und vollständig wie eine pralle, mit allen möglichen Zutaten und Gewürzen gefüllte körpergroße Wurst, die auf dem ultraheißen Metallrost des Grillgerätes lag und durch die extreme Hitze, die von den glühenden Holzkohlen aufstieg, gebrutzelt und gebraten wurde, bis ihre Haut aufsprang und flüssiges Fett mit lautem Zischen aus ihr heraus auf die dampfenden Kohlen tropfte. Sie krümmte sich und schrie: Abkühlung! Ich brauche Abkühlung!

## IM NACHHINEIN

Manchmal zogen schnell Wolken auf, der Himmel verdunkelte sich, kühler Wind rauschte um die Ecke und es begann heftig zu regnen. Eine halbe Stunde später hörte der Regen wieder auf und alles war nass, wie nach dem Duschen. Was vorher bedrohlich gewirkt hatte, stellte sich im Nachhinein als wohltuend und erleichternd heraus. Wie so oft.

## ABSPRACHE

Vögel drangen am Abend in geschlossene Räume ein, setzten sich auf die anwesenden Gegenstände und teilten sich ohne weitere Absprache alles, was an Luft übrig war.

## HÄUSER

Frau Dr. Pai: Nie klar waren mir Häuser. Häuser habe ich nie verstanden. So immobil. So groß. So schwer. Häuser haben nichts von dem, was mir gefällt: Bewegung, Veränderung, Austausch, Leichtigkeit. Häuser sind hart gewordene Gewissheit. Stein für Stein, Ziegel für Ziegel. Sie stehen herum und sehen immer so aus wie beim vorigen Mal. Sie verändern sich kaum. Die einzigen Veränderungen, die sie dann doch manchmal zu bieten haben, sind unerfreulicher Natur: Ein feuchter Fleck, eine ausgebrochene Mauerecke, ein kaputter Dachziegel, ein morscher Balken. Das Einzige, womit Häuser punkten können, sind Anzeichen des Verfalls, Spuren des Niedergangs. Häuser haben eine übertrieben lange Lebensdauer. Sie sind so schwer wegzukriegen. Ihr Motto: Wir sind gekommen, um zu bleiben. Sie gehen einfach nicht weg. Sie bleiben einfach stehen, egal was passiert. Ich konnte mich nie mit Häusern anfreunden. Bis heute nicht.

## UM SICH HERUM

Zukunft: Nachdem sie geheiratet hatten, kratzten sie ihr ganzes Geld zusammen, nahmen dazu noch einen fetten Kredit auf und bauten um sich herum ein Haus, in dem sie im Lauf der folgenden Jahrzehnte elendiglich an der Verzweiflung über die Schattenseiten ihrer jeweils besseren Hälfte zugrunde gingen.

## LÄRMSCHUTZWAND

Die Falten des Ledersessels, in dem er soeben noch gesessen hatte, die Falten, die er hinterlassen hatte, als er aufgestanden und weggegangen war, erinnerten sie an ihn und seine übelriechenden Sätze. Jede Falte ein schmerzhafter Schnitt in der Kruste ihres Gemüts. Hoffentlich kommt er nicht so bald wieder, von mir aus braucht er ein Jahr lang nicht mehr zurückzukommen, dachte sie, zehn Jahre, nie wieder braucht er zurückzukommen, denn jedes seiner Worte fühlt sich an wie ein rostiger Nagel in meiner Haut, seine Gedanken sind ein Mistkübel, der nie entleert wurde, seine Augen sind zerbrochene Glasscheiben, seine Hände tote Tiere. 55 Jahre nach ihrer Hochzeit hatten die beiden an dieser Ehe Beteiligten nur noch ein einziges Wort in ihren Köpfen: Lärmschutzwand!


## DIE KINDER

Drei Mal etwas gesagt.
Drei Mal unpassend.
Die Kinder weinten.
Und fragten sich:
Werden sie irgendwann
Etwas Passendes sagen?
Werden wir das noch erleben?

## RÜCKBESINNUNG

Mit einem Gesichtsausdruck, der an die himmelwärts gerichteten Blicke der Heiligenfiguren in der nahegelegenen
Kirche erinnerte, sagte sie: Ich finde die aktuelle Rückbesin-
nung auf alte Werte, auf Heimat, Tradition, Tracht und all
diese Dinge, das ist es doch, was uns glücklich und zufrieden
macht, und strich mit der flachen Hand über das rot-weiß
karierte Tischtuch, um eine theoretisch sich dort befindende
Falte glatt zu streifen. Ihre Magenschmerzen ließ sie sich
nicht anmerken. Hirschbraten.

## ZUSAMMENBRECHEN

Durch Termiten verursachte Schäden sind größer als die Zerstörungen durch Hurrikane und Tornados zusammen. Termiten sind milliardenfach zu finden, wo auch immer.
Termiten können ein Gebäude dermaßen destabilisieren,
dass es seine strukturelle Beständigkeit verliert. Sie können
Häuser und Menschen so weit bringen, dass sie zusammen-
brechen. Sie hören nie auf zu fressen, erst dann, wenn sie
mit einer Nahrungsquelle fertig sind und bevor sie sich einer
neuen zuwenden. So gehen Millionen von Termiten vor, sie
kauen Teile deines Hauses 24/7. Wenn du wie eine Termite
unterwegs bist, dann bist du überall. Aufgrund der Klima-
erwärmung werden Termiten zunehmend weiter nördlich
aktiv. Sie werden Europa auffressen.

## SPEZIES

Die Einsamkeit, die sich in den Gebäuden angesammelt hatte, lag nach außen gestülpt vor diesen herum, stumm und deutlich. Das metallische Klopfgeräusch, von dem niemand wusste, woher es stammte, es kam wahrscheinlich von der Heizung. Die Dächer schräg, damit der Regen ablaufen konnte, die Mentalität der Bewohner ähnlich. Hätte sich diese Spezies nicht auch ganz anders entwickeln können?

## SHAMPOO

Körper quollen durch die Wohnung wie der Schaum von Shampoo, bildeten Blasen und Schlaufen, vermischten sich, richteten sich auf, irgendjemand wurde an die Unterseite eines Tisches gebunden, auf den sie sich setzten, um Laute von sich zu geben, die wie Wassertropfen klangen, die vom Brauseschlauch in die Abflusstasse träufelten.

## DIE TÜR

Nachdem ihr, die sich drinnen befand, innerhalb weniger Sekundenbruchteile klargeworden war, dass sie die Tür von außen nur dann absperren konnte, wenn sie sie vorher öffnete, hinausging und hinter sich zumachte, gab sie diesen Plan sofort wieder auf und ließ es besser bleiben.

## VERGNÜGEN

In der Nacht gab es einen heftigen Wolkenbruch. Es regnete unaufhörlich und schon vor Sonnenaufgang standen die Betten unter Wasser. Angelita Tulmero merkte zwar, wie das Wasser immer höher stieg, blieb aber im Bett liegen und stellte auf Kiemenatmung um. Die Wasseroberfläche hatte sich inzwischen über ihr geschlossen. Bücher, Schuhe und Kleider glitten über sie hinweg, die Dinge des Alltags schwammen davon und sie beobachtete mit Vergnügen, wie sie verschwanden.

## DIE ANTWORT IST NEIN

Wenn du fragst ob alles gut geht
Ob die Welt sich wieder umdreht
Ob die Dinge besser werden
Die Antwort ist nein

Der Vizebürgermeister
Ist ein abartiges Schwein
Wurde er entlassen
Die Antwort ist nein

Wir werden es genießen
Das Sein und auch den Schein
Wird es lange dauern
Die Antwort ist nein

Sie wurden immer härter
Und irgendwann zu Stein
Ob sie noch zu erweichen sind
Die Antwort ist nein

Er fühlt sich schlecht behandelt
Beschissen und allein
Und wenn er mal um Hilfe fragt
Die Antwort ist nein

Sie interpretieren
Alles Mögliche hinein
Ob tatsächlich was dahintersteckt
Die Antwort ist nein

Die Frage die sich stellt
An wen soll sie gerichtet sein
Eigentlich egal
Die Antwort ist nein

Es könnte wie es ist
Aber auch ganz anders sein
Die Antwort ist dieselbe
Die Antwort ist nein

Ob es jetzt so weitergeht
Es so wird oder so
Ob es einen Fortschritt gibt
The answer is no

Wie haben wir uns das verdient
Warum wodurch womit
Niemand will dabei sein
Doch alle machen mit
Geht das auch mal anders
Das wäre wirklich fein
Doch es ist zu befürchten
Die Antwort ist nein

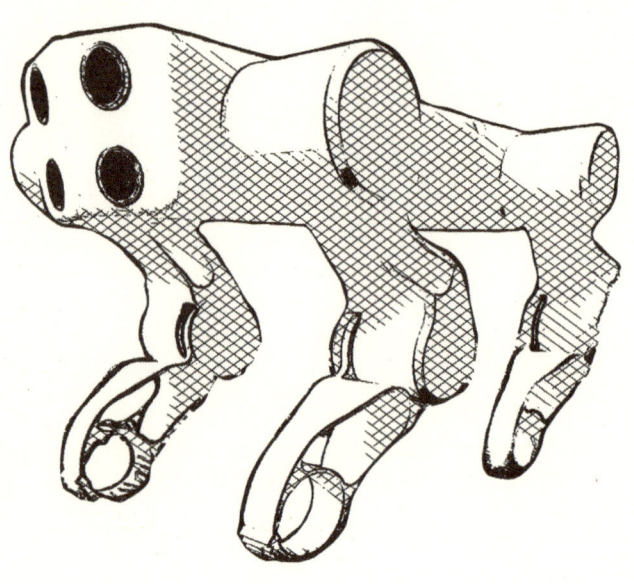

# FLUGMODUS

*Nothing in this world is easy,*
*except pissing in the shower.*

Ruth Brenner, »Russian Doll«

Nach dem Lesen begannen sie zu reden: Y sagte, dass es immer gut wäre, einen Plan zu haben, und auch wenn der Plan sich ändern würde: Besser ein Plan als kein Plan. Worauf K sagte: Wenn a besser als b ist und b besser als c, folgt daraus nicht immer, dass a besser ist als c. AC: I believe in gender fluidity and sexual fluidity. Y: Why don't you practice what you preach? GD: Wir sind alle nichts weiter als temporär stabile Organismen in einem sich ständig transformierenden Illusionsraum. K: Glamourös performend. Y: Und es ist auch nicht der Zweifel, der uns wahnsinnig macht, sondern die Gewissheit. K: Wenn nur diese totalitäre Bürokratisierung nicht überall eindringen würde. GD: Jede Form von Authentizität ist zutiefst kapitalistisch. K: Wenn ich nur endlich etwas finden würde, das mir schmeckt!

## FLUGMODUS                                          KI 1

Ich bin durch eine Maschine ersetzt worden. Endlich kann ich auf Flugmodus umschalten, denn die Maschine macht weiter. Sie ist sowieso viel unkomplizierter als ich. Die Kosten, die Wartung, alles einfacher und billiger. Außerdem kann die Maschine durcharbeiten, braucht keine Pausen, keine Nahrung, keine sozialen Kontakte. Braucht nur die Arbeit zu machen, kann von mir aus auch gleich dieses Buch hier schreiben. Was geht mich dieses Buch an, was geht mich dieses dauernde Sich-Bemühen an, dieses ständige Nicht-falsch-liegen-sollen?

Ich muss nicht Ich sein. Bin doch genauso oft das Gegenteil dessen, was alle annehmen, das ich bin und habe Eigenschaften, über die andere sagen, sie träfen überhaupt nicht auf mich zu. Wenn also die Maschine meine Arbeit übernehmen kann, kann sie auch gleich mein Ich mitübernehmen. Mir geht dieses dauernde Ich-Sein sowieso schon auf die Nerven.

## SÄKULAR FORTE                                  RELIGION 1

Säkularismus ist die Lösung, hatte jemand in diesem Gefängnis an die Wand geschmiert, in diesem verdreckten Loch, in dem die Inhaftierten, die sich über das harte Vorgehen der Religionspolizei kritisch geäußert hatten, seit Wochen eingesperrt waren. Angesichts der fortgesetzten Verwüstungen, die durch die Folgen der immer wieder aufflammenden Religionskonflikte in verschiedenen Teilen der Welt die Bevölkerung verrückt machten, in Angst und Schrecken versetzten und zur Flucht zwangen, verteilte eine zukunftsorientierte Organisation großflächig ein Medikament mit dem Namen: Säkular Forte. Hoffentlich wirkt es.

## HEGEMONIE                                          KUNST 1

Was mich an Megashoppolis stört, dort wo ich alles, was sie vor mir herstellen, kaufen kann wie nichts, ist die Diskriminierung der Kunst aus Gegenden, die nicht die Sozialisation der westlichen Einkaufsgebiete durchlaufen haben. Dieser

Kunst fehlen die Codes für die Verkäuflichkeit. Und das westliche Kunstpublikum dachte weiterhin, es wäre so offen für alles. Das weltweit gerühmte Metropolitan Museum in New York, besucht von internationaler Kulturkundschaft, präsentiert Kunstwerke aus der westlichen Hemisphäre opulent und prominent, wohingegen die Kunst aus den ökonomisch abgehängten Teilen der Welt auf folkloristisches Kunsthandwerk beschränkt bleibt. Dem Publikum wird damit eine behauptete Überlegenheit suggeriert, deren präpotentes Potential genauso hoch ist wie die ihr innewohnende Ignoranz. Oh, du überhebliche imperiale Kunst der Hegemonie der sich überlegen Fühlenden. Genauso peinlich bist du wie die hinter dir stehenden Ansichten, du alte Westkulturleiche.

## TELOMERE                                    VOKABEL 1

Jede unserer 100 Billionen Zellen enthält in ihrem Kern einen Chromosomensatz, in dem die Erbinformation in Form von DNA gespeichert ist. Diese Information muss geschützt werden, damit die Funktion der Zelle erhalten bleibt. Dabei übernehmen die Telomere eine wichtige Rolle. Sie schützen die DNA vor dem Abbau. Telomere, von altgriechisch télos, dt. Ende und méros, dt. Teil, sind die Enden der Chromosomen. Sie bestehen aus repetitiver DNA, das heißt, die sich wiederholende Sequenz TTAGGG, eine Sechser-Kombination von Nukleotiden, den Grundbausteinen der DNA, wiederholt sich mehrere tausend Mal. Telomere sind wie die

Plastikkappen am Ende von Schnürsenkeln. Ohne diese Kappen fransen die Enden aus und können ihre Aufgabe nicht mehr erfüllen. Die Telomere von Neugeborenen haben eine Länge von rund 10.000 Basenpaaren, bei 40-Jährigen sind sie schon um ein Drittel kürzer, bei über 60-Jährigen um die Hälfte. Die Telomere in den Zellen eines Astronauten, der ein ganzes Jahr in der Raumstation ISS verbrachte, wuchsen aus bislang unbekannten Gründen im Orbit um 14,5 Prozent, d. h. im All haben die Telomere Saison und blühen auf (nach der Rückkehr zur Erde kehrten die Chromosomenenden allerdings wieder in den Zustand vor dem Alljahr zurück).

## ELIZABETH BLACKBURN                    SCIENCE 1

Die aus Tasmanien kommende und seit 1990 in Kalifornien tätige Molekularbiologin Elizabeth Blackburn beobachtete an einzelligen Organismen den Prozess der Zellteilung. Immer wenn sich Zellen teilen, muss das darin enthaltene Erbgut ebenfalls verdoppelt werden. Bei einem Teilungsvorgang geht jedes Mal ein kleines Stückchen des Telomers verloren, bis schließlich keine Telomere mehr übrig sind. Wenn die Zellen keine Telomere mehr haben, sind die Chromosomen nicht mehr geschützt, und die Zellen können sich nicht mehr erneuern. Die Zellteilung ist zu Ende, die Folge ist Altern. Altern ist also nicht bloß eine Verschleißerscheinung des Körpers, sondern bereits in die Zellen einprogrammiert.

Swim sagte zu Sink: Swim. Sink zu Swim: Sink. Der Kumpel zur Ampel: Blink. Die Spirale zum Ring: Wie kannst du deinen geschlossenen Zustand ertragen? Ring: Gewohnheit. Small zu Talk: Schweig. Talk zu Small: Njet. Daraufhin Attitude zu Tunichtgut, Morgengrauen zu Augenbrauen, Gartenzaun zu Freizeitclown, Elektrorind zu Plastikkind, Soap zu Dope: Lass mich an deiner Ekstasetablette knabbern. Hörst du nicht das Rauschen des Rausches? Hast du etwas Schönes, tausch es.

## ZENBO HIDAKA KI 2

Der Zen-Mönch und Artificial-Intelligence-Experte Zenbo Hidaka erzählte vom Robot Priest, einer kleinen Plastikfigur, die von Hinterbliebenen engagiert werden kann, um eine Begräbniszeremonie zu leiten. Hidaka zeigte ein Video, auf dem wir ein kleines, weißes Plastikmännchen dabei beobachten konnten, wie es mit trockener Computerstimme die buddhistischen Sutras runtersang und dabei mit unfehlbarer Präzision auf die vor ihm stehende Klangschale klopfte, alle Schläge in genau derselben Lautstärke. Der Robot Priest machte das Begräbnis für 400, also wesentlich billiger als der Priester aus Fleisch, der für denselben Job 2000 verlangte. Während im Westen große Vorbehalte gegen das Auftreten eines Roboterpfarrers zu erwarten wären, gibt es in Asien diesbezüglich kaum Probleme. Das Verhältnis zu Geistern und allen möglichen transzendenten Wesenheiten ist hier ein wesentlich aufgeschlosseneres, auch Gegenständen wird ein Animé, eine Form von Lebendigkeit, zugestanden, weshalb auch das Verhältnis zu technischen Entitäten unkomplizierter gesehen wird. Zunehmend legten die Leute sich Roboterhunde zu. Die mussten in der Nacht nicht mehr raus und wurden deshalb umso inniger geliebt.

## SCHEIN                                    RELIGION 2

Die im Abstand von mehreren Stunden den ganzen Tag über von den Minaretten herunterplärrenden Gesänge des Muezzins versülzten den Sound des Alltags genauso wie die in den katholischen Kirchtürmen aufgehängten und in unterschiedlichen Tonhöhen gestimmten Kirchenglocken, die zu festgelegten Zeitpunkten frömmlerische Töne erklingen ließen. Gemeinsam war den Muezzins und Glocken, dass ihre Darbietungen aufgezeichnet waren und aus Lautsprechern kamen, den Umstand verdeutlichend, dass nur der dröhnende Schein es ist, der die religiösen Rituale am Leben erhält.

## NACHWELT                                    KUNST 2

Die Vorstellung, dass Kunst dafür gemacht wird, die eigenen Lebzeiten zu überdauern, ist religiösen Ursprungs und dementsprechend unsinnig. Die Nachwelt ist üblicherweise mit anderen Dingen beschäftigt, als sich der Beweihräucherung narzisstischer Verstorbener zu widmen.

## ULTRAVERARBEITET                    VOKABEL 2

Als ultraverarbeitete Nahrung werden industriell hergestellte Produkte bezeichnet, die wie Essen schmecken und aussehen und echte Lebensmittel ersetzen, aber kein echtes Essen sind. Je mehr davon konsumiert wird, desto höher die Zahl der krankhaft Übergewichtigen. In diesem Zusammenhang hat die Weltgesundheitsorganisation festgestellt, dass erstmals in der Geschichte der Menschheit der Umstand eingetreten ist, dass mehr Menschen an den Folgen von Übergewicht gestorben sind als an Unterernährung.

## CAROL GREIDER                          SCIENCE 2

Carol Greider konnte zeigen, dass Telomere nicht nur abgebaut werden, sondern dass es auch einen Mechanismus gibt, der sie wachsen lässt. Sie entdeckte ein Enzym, die Telomerase, das den Wiederaufbau der Telomere veranlasst und somit den Alterungsprozess verlangsamt. Das Wechselspiel von Alterung und Wiederaufbau findet somit ständig in unserem Körper statt. Zusammen mit Elizabeth Blackburn und Jack Szostak erhielt Greider im Jahr 2009 den Nobelpreis für Medizin zu gleichen Teilen. Das Verdienst der Ausgezeichneten sei es gewesen, so die Jury, die molekularen

Grundlagen der zellulären Alterungsprozesse zu entschlüsseln. Damit schufen sie die Voraussetzungen für weitergehende Studien, unter anderem in der Krebsforschung, wo es einerseits um Therapien zur Verbesserung der Regenerationsfähigkeit geht, andererseits darum, wie das Telomerase-Enzym gehemmt werden kann, um das Wachstum von Krebszellen zu hemmen.

## GETAWAY UND SLOWLOOK                                     LEUTE 3

Respekt heißt Zurückblicken, Rücksicht, sagte Getaway. Ich weiß allerdings, dass du das Spektakel bevorzugst. Im Gegensatz zum Respekt fehlt es diesem aber an der Distanz. Und an Eleganz, warf Slowlook ein und fuhr fort: War es nicht ursprünglich das Ziel, die Distanz zu überwinden, Direktheit in der Kommunikation zu erreichen, mithilfe digitaler Medien Intimität über große Räume herzustellen? Strangemouth mischte sich ein: Das Problem der digitalen Kommunikation ist die Anonymität. Respekt ist an den Namen gebunden. Und anonyme Kommunikation baut den Respekt massiv ab. Keine Verantwortung, kein Vertrauen. Aber es ist doch noch genug Platz übrig, um kluge Dinge in einer trivialen Umgebung zu droppen, sagte Wannaknow, ich meine Schattierungen, Differenzierungen, Nuancen. Shitspeak dazu: Und genau das kann zur Entmachtung des konventionellen Sprachregimes führen. Slowlook: Und in weiterer Folge zu einer Next-Level-Sprache. Wannaknow: Aber geben wir dabei bitte den Respekt gegenüber den anderen, die an der Kommunikation beteiligt sind, nicht auf. Strangemouth fügte hinzu: Letztlich bietet uns die digitale Kommunikation auch die Chance zu neuen Möglichkeiten der Interaktion. Vielmehr noch, unterbrach Slowlook, schafft sie die Möglichkeit, zu einer aktiven Kraft der Veränderung zu werden. Shitspeak war derselben Meinung, hatte aber keine Ahnung, in welche Richtung die Veränderung gehen sollte. Talktoomuch war auch da, sagte aber nicht viel.

## SEXUELLE MINDERHEIT KI 3

Chris Sevier behauptete, sich von technischen Apparaten angezogen zu fühlen und wollte seinen Computer heiraten. Doch die Hochzeit wurde ihm verwehrt. Der Mann klagte. Vor Gericht empörte er sich darüber, dass er sich als Angehöriger einer sexuellen Minderheit in seinen Grundrechten verletzt fühle.

## WEIHNACHTEN RELIGION 3

Es musste gekauft werden. Nicht deshalb, weil irgendjemand Druck ausgeübt hätte, sondern wegen eines inneren Zwangs, der übermächtigen Mythen zu entspringen schien. Willkommen zu Weihnachten, dem Geschäft des Jahrtausends. Weihnachten ist ein laut brüllender, 200 Kilogramm schwerer Menschenfresser, der auf einer riesigen Trommel tanzt und damit einen alles Übrige erstickenden Lärm produziert, sich danach auf die Trommel legt und sich ausruht, genauso wie die Familie.

## MASSNAHME KUNST 3

Am Eingangstor der Kunsthalle war eine Leiche aufgehängt worden. Die Öffentlichkeit zeigte sich erstaunt darüber, welch drastische Maßnahmen inzwischen ergriffen wurden, um Kundschaft anzulocken.

## FUGENMORPHEM VOKABEL 3

Eingeschobenes Element zwischen den Bestandteilen eines zusammengesetzten Wortes. Alternative Bezeichnungen sind Fugenelement, Kompositionsfuge oder Fusem. Das Fugenmorphem im Wort Arbeitsamt wird durch das s realisiert. Weitere Beispiele: Lebensfreude, Sonnenschein, Hundeleine, Schmerzensgeld. In der deutschen Sprache ist das Vorkommen von Fugenelementen besonders ausgeprägt, während es im Englischen auf das s beschränkt ist. Deutsche Fugenlaute sind e, s, es, n, en, er, ens. Das Fehlen eines Fugenelements wie in den Wörtern Haustür oder Waldweg wird als Nullfuge bezeichnet.

Die aus Ungarn kommende Biochemikerin Katalin Karikó, die ihre Karriere an der Uni Szeged begann und 1985 in die U.S.A. übersiedelte, bahnte durch ihre jahrzehntelange Forschungstätigkeit den Weg zum Einsatz von synthetischer RNA in der Biomedizin und spielte eine entscheidende Rolle bei der Entwicklung eines RNA-basierten Impfstoffs zur Bekämpfung des Covid-19 Virus. Karikó gelang es, die viralen RNA-Moleküle durch Veränderung eines von vier Bausteinen so zu modifizieren, dass sie in menschlichen Zellen nicht mehr von der Immunabwehr zerstört werden.


## GELD UND STRESS                    LEUTE 4

Frust wollte mit Geld reden. Weil Geld wichtig war. Als sie Frust fragten, wie denn das Gespräch gewesen sei, sagte er: Geld hat nur von sich selbst gesprochen. Stress musste lachen. Mit ihm sprach niemand. Außer Übermut. Arbeit, die mit einem Drink in der Hand in ihrer Nähe stand, wurde gefragt: Und wie geht's dir? Arbeit antwortete: Danach anders als vorher. Da mischte sich der bislang unbeachtet in der Ecke stehende Ehrgeiz ein und meinte: Was habt ihr denn? Wir können alles schaffen. Übermut, der sich inzwischen zu Stress und Geld auf das Sofa gesetzt hatte, sagte zu den beiden: Und was, wenn im Wasser K.-o.-Tropfen sind? Im TV? In den Magazinen? Im Internet? Und wir deshalb alle so k.o. sind?

Aus einer gewissen Entfernung betrachtet waren die Körper der Leute nichts anderes als mechanische Apparate, in erster Linie dafür gemacht, um sich fortzubewegen. Die inneren Bestandteile, die Organe, Herz, Blut, Hirn usw. dienten nur dazu, die Maschine in Gang zu halten. So gesehen war die von verschiedenen Seiten geäußerte Befürchtung, dass Roboter in Zukunft wie Menschen werden könnten, unbegründet, weil Menschen ja sowieso schon waren wie Roboter. Als hingegen ein Roboter darüber klagte, dass er die komplizierteren Angelegenheiten des Zusammenlebens nicht mitbekommen könne, weil er doch nur eine programmierte technische Einheit sei, erwiderte Elsie Matthews aufgebracht: Und was denkst du bin ich? Nicht programmiert?

Der Priester ist noch männlichkeitsfanatischer als der Krieger. Sein Phallus prägt in unzähligen Versionen als hochaufragender Kirchturm die zivile Landschaft, der Phallus des Kriegers, das Kanonenrohr, steht hingegen unbeachtet in den Kasernen herum. Kann sich der Priester auf einen idealisierten Außerirdischen als Chef berufen, bleibt dem Soldaten als Vorgesetzter nur der nach Alkohol riechende, übellaunige General.

Und was, wenn die Lust auf Popularität in der Kunstszene zum Erliegen gekommen ist und sich das Interesse an jeglichen Formen narzisstischer Entäußerungen, seien es eigene oder die von anderen, erschöpft hat und deutlich wird, dass es sich hier um nichts anderes handelt als eine als aufklärerisch designte Repräsentationsform von Biederkeit und Selbstdarstellung? Oh nein, wir sollten hier nicht sein, wir sollten lieber gehen. Ein Schauspieler mit Schminke in der Nase sah uns mit melancholischem Blick nach, aber nicht allzu lange, denn unaufgefordert enterte plötzlich folgender Gedanke das Sprachareal in seinem Kopf: In der sogenannten Kulturszene mischen sich im Grunde zwei Gruppen. Die einen wollen einen Lebensunterhalt, bei dem sie sich möglichst wenig anstrengen müssen, die anderen sind aufgrund soziologischer, hormoneller oder familiärer Umstände gezwungen, sich dem egozentrischen Gewerbe mit unwiderstehlicher Leidenschaft hinzugeben. Auch kein schöner Anblick.

<br>

**KESEMUTAN**  **VOKABEL 4**

Als Beispiel für einen Begriff, den es in der deutschen Sprache nicht gibt, der aber etwas bezeichnet, das von derart elementarer Bedeutung ist, dass es dafür in jeder Sprache ein Wort geben sollte, sei an dieser Stelle das Wort Kesemutan erwähnt. Kesemutan stammt aus dem Indonesischen und bezeichnet das international bekannte Kribbelgefühl, das wir wahrnehmen, wenn ein Körperteil, der eingeschlafen war, dabei ist, wieder aufzuwachen.

**EMILY ELHACHAM**

Seit vor über 12.000 Jahren die Jäger- und Sammlerkulturen allmählich den sesshaften Gesellschaftsformen wichen, hat die Menschheit die weltweite pflanzliche Biomasse durch Landwirtschaft und Entwaldung von ursprünglich etwa zwei Terratonnen (2000 Milliarden Tonnen) auf den aktuellen Wert von rund einer Terratonne halbiert. Dem steht mittlerweile eine gewaltige Anhäufung anthropogener Masse gegenüber. Emily Elhacham und ihr Team vom Weizmann Institute of Science in Israel verglichen die Masse aller menschengemachten Materialien aus Stein, Beton, Metall, Holz oder synthetischen Stoffen mit der globalen Biomasse. Während das Gesamtgewicht der von Menschen produzierten Objekte Anfang des 20. Jahrhunderts noch drei Prozent der weltweiten Biomasse entsprach, beläuft sich die Masse menschengemachter Strukturen heute auf etwa 1,1 Terratonnen, macht also mehr als die gesamte Biomasse aus, gemeint ist die Trockenmasse ohne Wasser, die in diesem Zeitraum annähernd konstant geblieben ist. Biomasse wird zu neunzig Prozent von Agrar- und Wildpflanzen gebildet, der Rest sind Bakterien, Pilze und Tiere, zu denen auch die menschliche Population gezählt wird. Der Mensch fällt im buchstäblichen Sinn also nicht ins Gewicht.

Verzaubert vom glitzernden Schein der Mediamystik betrachteten sich Mark und Una in den von der Reiseleitung zur Verfügung gestellten Spiegeln, so adrett, fütterten sich gegenseitig mit gefälligkeitsfördernden Drogen, Farbe violett, chatteten und skypten mit Trude und Jim, so nett, überlegten sich, ob sie gut genug angezogen waren, um auch wirklich richtig verstanden zu werden, so kokett, hielten instinktiv genau dasjenige für richtig, das den eigenen Aufschwung förderte, so glatt, kurbelten die Konjunktur des eigenen Unternehmens an, so fett, schaukelten sich gegenseitig auf, bis sie selbst zu Originalevents wurden, deren Profit niemandem außer ihnen selbst zugutekommen sollte, so bigott.

## ELEKTRONISCHE STIMMEN                             KI 5

Immer öfter kamen mir Leute entgegen, die mit elektronischen Stimmen sprachen. Wie Navigationsgeräte. Exzessive Mimikry?

## OGDEN                                             RELIGION 5

In Ogden, einer Stadt 60 Kilometer nördlich von Salt Lake City im US-amerikanischen Bundesstaat Utah, gibt es eine ungewöhnlich hohe Dichte an Konditoreien, die mit üppigsten Cremes verzierte Torten und andere Süßspeisen anbieten. Diese zuckertriefenden Naschereien haben klingende Namen wie Two Bit, Ville Bella, Pearl Milk, Daily Rise, Good Life, Great Harvest oder Mad Moose. Übrigens: In Ogden wohnen beinahe ausschließlich Angehörige der Religion der Mormonen, denen der Genuss von Alkohol und Zigaretten streng verboten ist.


## VERNISSAGE                                    KUNST 5

Einer Ausstellungsbesucherin war langweilig geworden mit all den Leuten hier auf dieser Vernissage und sie begann mit einem Stift auf einem unauffälligen Ding aus Kunststoff herumzukritzeln, das aussah wie ein verformter Wasserkocher, nicht wissend, dass es sich dabei um ein Kunstwerk handelte, das sie durch ihren Eingriff entwertet hatte, weshalb sie verpflichtet war, dieses für fünfzigtausend zu kaufen.


## EXTRACTIVISMO                                 VOKABEL 5

Der Begriff Nuevo Extractivismo bezeichnete die seit den 1990ern praktizierte Wirtschaftsdoktrin einiger südamerikanischer Regierungen, auf die Erweiterung des Abbaus der natürlichen Ressourcen, der Bodenschätze und des Agrarlandes zu setzen. Durch die Besteuerung der Bergbau-, Erdöl- und Agrarprofite gelangte der Staat zu Einnahmen, die er in Sozialprogramme fließen lassen konnte. Der alte Extraktivismus, d.h. die Ausbeutung der Ressourcen durch westliche Konzerne, wurde dadurch zurückgedrängt. Eine andere Form des Extraktivismus wurde in der großen Stadt am Schwarzen Meer praktiziert, deren Untergrund aus pleistozänem Muschelkalk besteht, der leicht abzubauen und zu verarbeiten ist, weshalb die Einwohner der Stadt schon seit mehr als 200 Jahren dieses Material für den Bau ihrer Häuser verwenden. Wegen der Aushöhlung des Fundaments mussten schon einige größere Gebäude durch Betoninjektionen gestützt werden und es wird befürchtet, dass die Stadt irgendwann einbricht und der hohle Untergrund sich wieder zurückholt, was aus ihm herausgeholt wurde.

**INÈS OTOSAKA**                                             **SCIENCE 5**

In der Fachzeitschrift Cryosphere wurden die Ergebnisse einer wissenschaftlichen Untersuchung über das Schmelzen der Eismassen auf unserem Planeten veröffentlicht. Von 1994 bis 2017 sind demnach 28 Billionen Tonnen Eis geschmolzen, eine Masse, die, würde sie über ganz Großbritannien verteilt werden, eine 100 Meter hohe Eisschicht ergeben würde. Und das Eis schmilzt mit steigendem Tempo. Waren es in den neunziger Jahren noch 0,8 Billionen Tonnen pro Jahr, waren es in den 2010er-Jahren schon 1,2 Billionen Tonnen. Die beiden Auslöser der Eisschmelze sind einerseits die wärmere Atmosphäre, deren Temperatur seit 1980 pro Jahrzehnt um durchschnittlich 0,26 Grad Celsius gestiegen ist und andererseits die wärmeren Ozeane mit einem Anstieg von 0,12 Grad pro Dekade. Eis wirkt wie ein großer Reflektor, das heißt, es spiegelt Sonneneinstrahlung ins All zurück. Dies wird als Albedo-Effekt bezeichnet, benannt nach dem lateinischen Wort für weiß. Schwindet die Eisbedeckung, nimmt der dunkle Ozean die Wärme auf. Der Eisverlust beschleunigt dadurch die Erderwärmung. Auch Folgen für die Trinkwasserversorgung sind spürbar. Die Eismassen des Planeten sind der wichtigste Süßwasserspeicher. »Gebirgsgletscher tragen nicht nur zum globalen Anstieg des Meeresspiegels bei, sondern sind auch eine entscheidende Wasserquelle für die Menschen in der Region«, sagt die Forscherin Inès Otosaka. »Der weltweite Rückzug der Gletscher ist daher sowohl auf globaler als auch lokaler Ebene von entscheidender Bedeutung.«

## KURT UND KIM                                    LEUTE 6

Kurt hat mit Kim Karma gespielt. Cut 1 und 2 haben sich dazwischengeschoben. Haben den Schaden gekürzt. Freund 1 fragte Franziska, für welchen Cut Kurt sich entschieden habe. Kurt sah die Kluft. Bekam keine Luft. Kim ist Cutterin. Kim schnitt Kurt raus. Kurz schrie Kurt. Kim sah nicht hin. Freund 1 fragte die Freunde ohne Freude nach Fehlern. Fehlanzeige. Bobo, rief er ihm nach, dem Hund, der Bobo hieß. Der hatte den Hasen gefressen, hat Hasen gehasst, von klein auf. Haben Hasen Hasennamen? Oder Hundenamen? Wir haben den Hasen Blut abgenommen. Dadurch haben die Hasen abgenommen. Haben das Hasenblut billig verscher-

belt. Kim kaufte. Lebt jetzt mit Hasenblut im Körper. Kurt
kam zu spät. Seine Ahnen A und F waren davongelaufen.
Kurt vergaß ihre Namen. Die Ahnennamen. Beide. Vor und
nach.

## LESEMASCHINEN                                                    KI 6

Automatisch lesende Lesemaschinen lasen von Schreibau-
tomaten verfasste Texte und gaben sie wieder und wieder
in endloser Wiederholung und das alles wie von leichter
Hand, ohne Kopf und Zunge, unbeschwert und gleichmü-
tig.

## GOTT 2                                                    RELIGION 6

In der katholischen Kirche, ganz hinten im finsteren Eck:
Der heilige Suizid aus St. Buhmstadt. Ein mit einem Busi-
nessanzug bekleideter Mittdreißiger, geschnitzt vom be-
rühmtesten Herrgottsschnitzer Bayerns, auf einem Betstuhl
kniend, eine Pistole auf seine rechte Schläfe richtend. Sein
Blick für alle Ewigkeit auf den direkt vor ihm befindlichen,
von einem mit Blattgold verzierten Barockrahmen eingefassten Monitor gerichtet, Motiv Paradies. Nachdem es in letzter
Zeit immer wieder zu Diebstählen des Anzugs der besagten
Heiligenfigur gekommen war, installierte eine Sicherheits-
firma eine Überwachungskamera vom Typ Gott 2.

Spürst du den Wind, sagte sie und lenkte ihre Gedanken auf den leichten Luftzug, den sie im Nacken spürte. Kilmar sagte nichts. Dachte nur. Alle sorgen sich so sehr um sich selbst. Und wenn ein Problem verschwindet, kommt schon das nächste. Genug da für alle. Und alle reagieren auf ihre eigene Art. Bei Art dachte er an Kunst. Die Kunst des Reagierens. Eine Angelegenheit für die Kreativabteilung. Das würde mir niemals einfallen, so wie andere auf ein Problem zu reagieren. Da haben wir doch alle unsere eigenen Methoden. Wie kreativ die verschiedenen Verhaltensweisen doch sind. Wie in der Kunst. Und auch hier entkräftet die Verehrung der Tatsachen die Bedeutung der Kunstwerke. Wird das Dargestellte mit zu viel Wirklichkeit befrachtet, geht alles verloren. Das Kunstwerk erhält seine Berechtigung nicht durch Übereinstimmung mit der Wirklichkeit, sondern einzig durch die ungebundene Subjektivität derjenigen, die sie herstellen. Natur ist langweilig. Existiert ja schon.

**STIGMERIE**                                                  **VOKABEL 6**

Kolonien von tausenden unabhängig voneinander agierenden Termiten konstruieren unter Verwendung indirekter Kommunikationsverfahren komplex strukturierte Bauten, die hundertfach größer sind als sie selbst. In diesem als Stigmerie bezeichneten Prozess helfen dezentral innerhalb der Struktur abgegebene Botenstoffe (Pheromone), die Termiten bei ihrer Tätigkeit anzuleiten. Aus unzähligen Low-Level-Aktivitäten bilden sich kollektive High-Level-Resultate. Stigmerie findet auch im Internet statt, wenn viele Anwender, ohne direkt miteinander zu kommunizieren, eine gemeinsame virtuelle Umgebung modifizieren. Nun wurden Roboter entwickelt, die auf dieselbe Art und Weise vorgehen wie Termiten. Die winzigen Maschinen brauchen keinen Plan, sondern orientieren sich an ihrem Team, indem sie mittels Ultraschallsensoren Informationen über die Aktivitäten der anderen Roboter erhalten. Die vier Beine der Roboter ähneln Rädern, mit denen sie auch im unwegsamen Gelände manövrierfähig bleiben. Zudem sind sie mit einem Greifer zum Heben von Bausteinen ausgestattet. In absehbarer Zukunft sollen autonom arbeitende Termitenroboter bei der Fertigung von Bauwerken eingesetzt werden, deren Errichtung für Menschen zu risikoreich ist, wie zum Beispiel Schutzräume nach Erdbeben oder Bauwerke unter Wasser bzw. auf anderen Planeten.

**JOAH MADDEN**                                    **SCIENCE 6**

Im Fachmagazin Philosophical Transactions B wiesen Forscher neulich darauf hin, dass es auch Vorteile haben und die Überlebenschancen erhöhen könne, nicht zu den Schlauköpfen und Blitzlernern zu gehören. Oder wie es die Autoren um Joah Madden von der University of Exeter im Titel ihrer Studie auf den Punkt gebracht haben: Die Schnellen sind die Toten.

# KEIN GEDRÄNGE

*Das Leben ist wie eine Backerbsensuppe*
Puneh Ansari, »Hoffnun'«

## DIE SEMINARLEITERIN

Was ist die Einzahl von Nerven? Der Nerv? Ist in der Einzahl und beansprucht den gesamten Aufmerksamkeitsapparat für sich alleine. Windstille heruntergeladen, Sturm bekommen. Wer sich im falschen Leben befindet, kann zu uns kommen, wir sind nämlich die falsche Welt, von Männern zum Vorteil des Männlichen organisiert. Ihre Verwandtschaft, ihre Bekanntschaft, das gesamte Personal ihres Lebens, alle hier. Da rief Nummer 7b in die Runde: Aber früher hieß es doch, alles wäre richtig! Die Seminarleiterin rief zurück: Heute nicht mehr! 7b sagte: Endlich.

## FALSCHE HUNDE

Durch die Sprachareale der Gehirne jagten Argumentationsketten, deren hauptsächlicher Inhalt das In-ein-günstiges-Licht-rücken des eigenen Tuns war. Nach außen drang wenig. Was uns verband: Wir dachten, die anderen hätten es besser als wir (Scherz). Dazu erklang eine Klaviersonate, systematisch gebaut, die Noten Fußabdrücke stubenreiner Gangarten. Neugierige Touristengruppen lauschten. Überall fanden sie etwas, das ihnen bekannt war: Ab- und Zuneigung, Zerstreuung, Zermürbung, verschiedene Körperversionen, Perversionen. Je näher sie jemandem kamen, desto eher stellten sie fest: Alle haben was. Deshalb fuhren sie so gerne überall hin. Lady Doretta nahm ihre Hand nicht mehr aus der Schatulle. Alles für uns! So ihr Schlachtruf. Alle sahen weg, wenn sie angesprochen wurden. Sahen auf die Monitore, aber auch hier: Ausbleibende Antworten. Dem gemeinen Volk wurde zugerufen: Zurücktreten! Das Volk reagierte. Genauso. Dann wieder Klaviermusik (Scherzo). Aber nur im Kopfhörer. Wir wollen die Anwesenden ja nicht von ihrem Beruf abhalten. Auch wenn sie diesen verfehlt haben. Wollten Berufstänzer werden und wurden Kellner. In einem Keller. Ohne Licht. Konnten die Mäuse krabbeln hören. Aber nicht einmal daraus wurde ein Skandal, ein Abhörskandal. An leisen Geräuschen war die Öffentlichkeit nämlich nicht interessiert. Sie bevorzugte die lauten. In Spielfilmen genauso wie in Informationssendungen. Hauptsache Krach. Schmerzverzogene oder Gesichter mit Lachen drauf, rechts und links. Und alle wollen in die Mitte. Der Staat sagt, es würde sich um keine politische, sondern um eine rein juristische Angelegenheit handeln. Falsche Hunde. Diese Realitäten sind längst nicht mehr zu dulden. Abrechnung ersparen wir uns. In Anbetracht der Errungenschaften mancher Kollektive hatten einige superindividualistische Stimmen wieder mal viel zu viel gesagt. Vom Einseitigen. Sie waren ja nur wegen der anderen so. Das war ihr Argument. Wären die anderen nicht so, wären wir auch nicht so. Deshalb benehmen sich mittlerweile alle so schrecklich.

## SCHREIBEN IST GEFÄHRLICH

Sobald es in den sozialen Medien zu gravierenden Meinungsverschiedenheiten kommt, ist die Gefahr, die anderen an der schriftlichen Kommunikation Teilnehmenden als idiotisch abzustempeln ungleich höher als bei der mündlichen Kommunikation. Juliane Schroeder von der University of California in Berkeley stellte in einer Untersuchung fest, dass kontroverse Meinungen weit weniger heftige Reaktionen provozierten, wenn diese mündlich ausgetauscht wurden. Eine gegensätzliche Aussage in Textform verleitete wesentlich leichter dazu, die Urheber des Geschriebenen abwertend zu beurteilen. Mündlich vorgetragen führte derselbe Inhalt hingegen zu bedeutend milderen Urteilen. Die am direkten Gespräch Beteiligten nahmen ihr Gegenüber wesentlich differenzierter wahr und gestanden den Urhebern umstrittener Inhalte viel eher die Fähigkeit zur Komplexität zu, als dies bei der digitalen schriftlichen Kommunikation der Fall war. Schroeder zog daraus den Schluss, dass die Stimme den Unterschied mache. Die Stimme transportiere stets auch einen paralinguistischen Inhalt, das heißt, die Tonlage, die Sprechgeschwindigkeit und der Rhythmus vermittelten wichtige Informationen über die mentalen Eigenschaften eines Menschen, die Stimme eröffne also einen Einblick in die innere Befindlichkeit eines Menschen, mehr noch als Körperhaltung oder Mimik.

## SCHREIBEN IST DAS NEUE REDEN

In der zeitgenössischen Konversation konnte sich das Schreiben gegenüber dem Sprechen einen privilegierten Status verschaffen. Seit der Etablierung von Internet und Mobiltelefon hatte das tägliche Verfassen von Tonnen von Kurztexten zum Aufblühen einer bastardhaften Miniaturliteratur geführt, die mit einer erfrischenden Kürzelsprache überraschte, die oft nur den an der jeweiligen Konversation Beteiligten verständlich war, das Buchstabenrepertoire spielerisch um grafische Elemente erweiterte und dabei einen semantischen Mischmasch hervorbrachte, in dem sich die Grenzen zwischen unterschiedlichen Sprachen und Zeichensystemen wie Wirbelwinde auflösten. Oh ja, früher wurden Briefe geschrieben, seitenlang, mit Nachdenken zwischen jedem Satz, mit Abklären aller zur Verfügung stehenden Synonyme für das eine Wort, das eine richtige Wort, um das gerungen wurde, damit die Empfängerin des Briefes auch wirklich wusste, was die Absenderin gemeint haben könnte. Möglichkeits-, Vergangenheits- und Zukunftsformen wurden überlegt, es wurde durchgestrichen, das Papier zerknüllt, fünf Mal von vorne angefangen, das Unterfangen gänzlich aufgegeben, sogleich aber wieder neu in Angriff genommen. Briefeschreiben war ein Drama, Texte in den digitalen Raum werfen ist Feuer, ein Gedanke, schnell in Zeichen übersetzt. Die in den digitalen Netzen verbreitete Textmenge ist im Vergleich zum Briefeschreiben explosionsartig angestiegen, die Zeit, über das Verfasste nachzudenken, hat sich adäquat dazu verkürzt, wobei: Zeit, nachzudenken ist immer.

## REDEN IST PARTY

Geschriebener Text durchläuft einige Instanzen mehr als gesprochener Text. Im Gehirn werden mehrere Parallelebenen aktiviert, zurückzuführen darauf, dass die schriftliche Äußerung durch die individuelle Aneinanderreihung von Buchstaben, Emojis und anderen Zeichen erfolgt und da läuft die Sprache wie elektrischer Strom durch den Transformator und wir sehen die Sprache vor uns wie alles andere Sichtbare auch und speisen sie in unser individuelles Formulierungssystem ein, Hirnrotation plus Fingertipp, alles gleichzeitig. Die Akzeleration des Denkapparats hat Fahrt aufgenommen, der Zug bleibt nicht stehen. Viele wünschen sich, der Zug möge stehenbleiben. Doch die Worte klappern weiter durch die Köpfe wie die Schuhsohlen durchs Treppenhaus, aber da nehmen wir doch lieber gleich den Lift und huschen lautlos über das Display, Schreiben ist leise, Reden ist Party, so analog, so direkt wie ein Mückenstich, Sprechen ist so flüssig, so lässig, so durchlässig, fahrlässig, jetzt sage ich ja und kurz darauf sage ich nein und später vielleicht vielleicht, ich verrühre die Sprache wie Gumbo, Worte sind wie Körper, die um einander herumwirbeln, das Flüchtige des Gesprochenen, das nicht festhaltbare Gerede, es fehlt uns so schnell so sehr, auf die erhöhte Temperatur des Gesprochenen können wir nicht verzichten, mitnichten.

## DISKREPANZ

Nur meine Vorstellung vom Leben ist es
Die mich von ihm trennt

So lange

Bis einer der beiden Räume
Illusionsraum oder Lebensraum
Mich wegsaugt
Und mich auf seine Seite zieht

Sie erschien oft sehr groß
Die Diskrepanz zwischen dem
Was wir versäumt haben
Zum Beispiel

Theaterstück
Geburtstagsfest
Party

Und dem
Was wir dort erlebt hätten

Schlechte Schauspieler
Machos mit Mundgeruch
Üble Musik

Die Diskrepanz zwischen
Denken und Tun
Ist das Nest
Aus dem wir stürzen
Wie Vogelkinder
Die im Fallen das Fliegen lernen


## MAKROINFERNO


Sie sprang in das bis obenhin mit Wasser gefüllte Schlafzimmer, in dem sie selbst im Bett lag, sie sah nach oben und betrachtete die ins Zimmer Gesprungene, sich selbst, die Kleider waberten im Wasser, schlangen sich um ihren Körper wie Algen, sie betrachtete sich, sie betrachteten sich, sie beide, beide Male sie, die Herabgesprungene tauchte zu der im Bett liegenden, umarmte sie, drückte sie, Wasserblasen quollen aus ihren Nasen, die Bettdecke schwebte unbeaufsichtigt durch den Raum, alles blubberte, eine Tür öffnete sich und sie wurden hinausgespült, das Wasser trug sie fort, die Flüssigkeit überschwemmte die Infrastruktur, füllte hohle Räume, benetzte die trockenen Reste, schwoll kräftig an, machte sich breit, alles nass, Makroinferno, die Welt ging unter wie eine Reisegruppe, die die Tsunamiwarnung überhört hatte, die kleinsten Ritzen wurden geflutet, Mikroinferno, jeder Tropfen verantwortlich für den Untergang, für die Welle, für die Aufschaukelung. Erst wenn das Flüssige sich verzogen hat und die Trockenheit übernimmt, wenn der Staub über den Boden weht und Sehnsucht entsteht, erst dann stellt sich wieder die Frage: Wo bleibt die Flüssigkeit?

## ONKEL FRITZ

Der Bus war voll mit Leuten, die aus dem unterhalb der Welt sich dahinwälzenden Fluss heraufgestiegen waren, ihre Haut war mit Ornamenten in weißer Farbe bemalt, alle saßen sich gegenüber auf Sitzbänken, die an den Längsseiten des Busses montiert waren, bunte Lichtpunkte glitten über sie hinweg, ihre Oberkörper wippten im Rhythmus der Musik auf und ab, mit den Fingern bildeten sie Zeichen, um sich zu verständigen. Im Mittelgang ging der Geist von Onkel Fritz auf und ab. Er sang das Jaja-Lied. Am Straßenrand standen Menschen und sangen das Neinnein-Lied. Im Bus waren inzwischen alle aufgestanden und tanzten ekstatisch. Als der Bus an der Endstation angekommen war, stiegen sie aus, um wieder in den Fluss hinabzutauchen.

## DIE VERSÄUMNISSE

Seine Haare waren mit den Fäden der ausgefransten Decke verflochten, auf der er lag, darüber nachdenkend, wie es dazu gekommen war, dass seine Hand und seine Hüfte in die Mauer übergegangen waren, sein Körper Teil des Gemäuers geworden war. Ein schwarzes Kabel schlängelte sich durch den Raum und verschwand in seinem leicht geöffne-

ten Mund, Vogelfedern lagen auf dem Boden wie abgebro-
chener Verputz, Gedanken bedeuteten dasselbe wie Nicht-
gedanken, Tag nicht mehr als Nacht, zwei nicht mehr als
eins. Er fühlte die Trockenheit der Stadt, das Ausbleiben
von Freundschaften, das Alter der Probleme. Reste von
Spinnweben, die an der Mauer hingen, waberten geschmei-
dig an der Wand entlang, minimalste Bewegungen der Luft
nachzeichnend. Als der Luftzug zwischenzeitlich Pause
machte, blieben die alten Fäden unbeweglich an der Wand
hängen. In diesem Zustand sahen sie aus, als wären sie feine
Risse im Gemäuer, zu unbedeutend, als dass irgendjemand
auf die Idee gekommen wäre, sich um sie zu kümmern. Wäre
der Verfall nicht, alles wäre sinnlos. Die Versäumnisse der
Vergangenheit konnten nicht länger verschwiegen werden.
Wenn auch Jahrzehnte zu spät, wurden sie endlich zur Sprache gebracht. Er war traurig darüber, dass es so lange gedau-
ert hatte, bis dasjenige, das er für das Wichtigste hielt, endlich
besprochen werden konnte. Außer ihm bemerkte niemand
etwas davon.


## DAS VERZERRTE


Wenn er sich jetzt nur einen Millimeter bewegen würde,
würde etwas Schreckliches passieren, etwas Grauenerregen-
des, dessen Genesung ihn wochenlang beschäftigen würde.
Deshalb bewegte er sich keinen Millimeter. Einige Augen-
blicke später hatte er diese Überlegung bereits vergessen,
hörte das Wasser tropfen und dachte bei jedem Wassertrop-

fen daran, dass es nur deshalb Wasser auf unserem Planeten gab, weil vor Milliarden von Jahren eisige Asteroiden und Kometen mit der Erde kollidiert waren. Bei alten Filmen und Büchern dachte er daran, dass es nur die Sprache von Männern ist, die hier den Ton angibt. Bei jedem Hunderterschein dachte er daran, wie lange Leute mit durchschnittlichem Einkommen in Nigeria davon leben müssen. Bei jeder Türschnalle dachte er an die unzähligen Bakterien, die sich auf dieser befinden könnten, bei jedem Hund an einen Berg Hundekot, bei jedem Auto an einen Unfall, bei jedem Ton an die Stille, bei jedem Teil an das Gegenteil. Gern hätte er die Gegensätze aufgelöst, aber das Widersprüchliche war so wirksam, das über alle möglichen Ecken und Kanten Gebrochene, Verzerrte. Verzerrt wohl auch deshalb, weil der Drang, das eigene Leben in eine gerade Spur zu zwingen, ein unerträglicher Gewaltakt gewesen wäre.

## GEGEBENENFALLS

Verhältnisse.
Ihr Ursprung:
Lange her.
Gegebenenfalls
Lassen sie
Locker.
Irgendwann.

## RÜCKKEHR

Wie ein ungeheuer leichtes Tier wurde er von einem flüchtigen Windstoß nach oben getragen, an die Decke des Raumes, dorthin, wo die Spinnen lebten, deren schemenhafte Netze ihn umfingen wie sichere Arme, wie warmes Wasser. Er haftete an der Decke und sah hinunter auf die Schildkröte, von der er nicht sagen konnte, ob sie sich bewegte oder nicht, so langsam wie sie war. Winzige Flugtiere durchquerten die düstere Luft in diesem Raum, der ihm fremd war wie ein Teil von ihm selbst, von dem er zwar wusste, dass es ihn gab, den er aber kaum kannte, weil er nichts von ihm wissen wollte. Doch jetzt war er von dieser Umgebung absorbiert worden, war Teil von etwas geworden, das seine Wahrnehmung lange Zeit ausgeblendet hatte, war dort, wo kein Licht hinkam, besser gesagt, wo etwas in ihm nicht wollte, dass Licht hinfiel und er fühlte sich nicht wohl, aber doch irgendwie richtig, als ob eine Entscheidung, die zu treffen er selbst nicht imstande gewesen war, endlich getroffen worden war, eine Entscheidung, die ihn an diesen Ort und in diese Situation gebracht hatte und das gefiel ihm, dieses verlassene, heruntergekommene Zimmer, die Rückkehr an diesen Ort, an dem er vorher nie gewesen war.

## DURCHSICHTIG

Wir können uns frei bewegen zwischen diesen Wänden, die klar sind, kühl und transparent wie Glasscheiben, die sich auf unsere Haut pressen und sie flachmachen, flach wie Papier, auf das wir schreiben und alle, die wollen, können mitlesen.

## SCHRAUBEN

Wisst ihr schon, dass gestern die Schrauben rausgesprungen sind? Sie haben sich gelockert und sind dann rausgesprungen. Wie eingesperrt gewesene Tiere aus dem Käfig. Der Druck, den ganzen Krempel zusammenzuhalten, war zu groß geworden. Es war keine Mutwilligkeit, es geschah auch nicht deshalb, weil sich woanders eine bessere Möglichkeit für sie geboten hätte, nein, nichts dergleichen, sie konnten sich einfach nicht mehr halten. Wie eine Bergsteigerin, die über der Schlucht hängt, von ihrer letzten Kraft verlassen wird und in den Abgrund stürzt.

## HIMMEL

Wenn der Himmel zu einem Dach wird, haben wir uns verirrt auf der Welt, blicken nach oben, um Hinweise zu finden auf unseren Standpunkt, der sich durch die Hinzukommenden und Weggegangenen zum wiederholten Mal geändert hat. Die Gewichte verschieben sich, aber auch diesmal wieder in unberechenbarem Ausmaß. Was wird wohl aus den Unterschieden? Wir beobachten sie. Immer noch besser, als vom Gewicht des Himmels erdrückt zu werden.


## DACHZIEGEL

Das durch die extreme Hitze verursachte Knacken des Dachziegels störte mich nicht. Was mich störte, aber nur ein wenig, war die Tatsache, dieses Minimalereignis mit Worten beschrieben zu haben.


## DIE PRIVILEGIERTE SEITE DES MONDES

Deine Augen sind wieder mal kleben geblieben an irgendeinem Reiz aus einer weit entfernten Gegend, ganz eigene Probleme, Eltern, Nachbarn, Kinder und Behörden, stört dich alles nicht. Du hast ja deinen privaten View auf alles, dein Private Eye, deine Berechnungen, hast alles noch einmal durchkalkuliert, durchgesehen, durchgestanden, weißt, dass du auf die privilegierte Seite des Mondes gefallen bist, und auch wenn es sich dort einsam, kalt und verloren anfühlt, ist dir klar, dass du dich in einem fetten Palast mit professioneller Security befindest, umgeben von Leuten mit edlen Absichten und wenn dir auch immer wieder der Trieb in die Quere kommt, alles stoppen zu wollen, aufzuhören, einzuschlafen, wegzugehen, abzuschalten, so haben sich deine

Augen mittlerweile doch an die Dunkelheit gewöhnt, und du kannst die unzähligen kleinen Lichter sehen, die über den Daten-Highway von außen nach innen huschen, und deine Augen, gewohnt, an irgendetwas kleben zu bleiben, können da nicht mehr mit, sind viel zu träge, um da noch mitzukommen. Würden sie an irgendeinem dieser in Lichtgeschwindigkeit herumflitzenden Informationspartikel kleben bleiben, würden sie dir aus dem Kopf springen, und du könntest ihnen nicht einmal nachsehen, weil sie weggeflogen sind, und du bleibst übrig, stehst da, blind wie ein alter Stein.

## AUGEN

Bis wir endlich verstanden haben, dass wir uns von innen her nicht begreifen können, dass wir ohne Abstand und Filter das Big Picture nicht sehen und nicht kapieren können, wo wir uns befinden, genau wie unsere Augen, mit denen wir in die Welt sehen, sich selbst nicht sehen können.

## BEWEGGRUND

War das notwendig? Fragte sie sich im Nachhinein. Oder: Wurde gefragt. War das notwendig? Als ob Notwendigkeit der wesentlichste Beweggrund des Handelns wäre. Und wenn etwas nicht notwendig war und trotzdem gemacht wurde? Sie beendete diese Überlegung aber genau an dieser

Stelle, um nicht auch noch die Frage zu hören: Muss das sein?

## DU-KERKER

Sie haben uns Namen gegeben, damit wir von anderen unterschieden werden können. Die anderen haben auch Namen, von ihren Vorfahren damit abgestempelt wie Briefmarken, kriegen den Stempel nicht los, erst wenn etwas einen Namen hat, heißt es, ist es etwas, was auch immer das heißen mag, wie auch immer du heißt, vielleicht müsstest du dich kurz mal neben dich stellen, um dir vorstellen zu können, was es heißt, keinen Namen zu haben, wie es sich anfühlt, neben sich zu stehen, du allein neben dir, außerhalb deines Du-Kerkers. Wobei dann nur noch die Frage bleibt: Auf welcher Seite stehst du eigentlich?

## LUFT

Gelegentlich bringen wir zwischen uns und dem, was wir tun und auch zu dem, was nebenan läuft, Luft rein. Wir können nicht immer gleich dort sein, wo wir hinwollen. Wir können aber den Abstand zwischen uns und unseren Vorhaben auffüllen. Und wenn wir die Luft, die wir zwischen uns und unsere Absichten gebracht haben, in uns hineingesaugt haben werden, werden wir uns fühlen wie Motten, die auf Laternen zuflattern, werden dahintreiben wie ins

Wasser geworfene Steuerräder, flackern wie Flammen. Gib mir etwas von deiner Luft, ich gebe dir dafür Schaumstoff, den Stoff, aus dem der Schaum gemacht ist, damit du, falls du fällst, weich landest und sie spüren kannst, die ungreifbare Materie, die Luft dazwischen.

## STILLE

Still.
Stiller.
Stille ist Killer.
Killt Lärm von Maschinen,
Summen von Bienen,
Glockengeläute,
Gerede der Leute,
Die Sounds rundherum,
Bing und Dschinn Bumm,
Klappern der Schuhe,
Zirpen der Grille,
Klingeltonklingeln.
All killed by Stille.

## KEIN GEDRÄNGE

Es gab keinen Druck, es gab nichts zu sagen, es gab keine Ambitionen, es gab keinen Plan, keine Aufgabe, kein Gericht, das hier urteilte, keine Erwartungen, kein Gedränge.

## POCHEN

Wenn ich irgendwo flach liege und meine Beine so anziehe, dass die Knie gemütlich aufgerichtet sind und dann das rechte Bein so über das linke lege, dass der Fußknöchel knapp unterhalb des linken Knies zu ruhen kommt, kann ich beobachten, wie es drei Zentimeter unterhalb des Knöchels pocht. Als ob hier eine winzige Batterie dafür sorgen würde, dass genau an dieser Stelle die Haut sich in rhythmischen Abständen hebt und senkt. Ist das bei allen so?


## GEGEN DIE LAUFRICHTUNG

Wir werden zurückgedreht wie Schallplatten gegen die Laufrichtung und nur diejenigen, die uns aufgrund bestimmter Merkmale kennen, wissen, dass wir es sind, die, so wie sie, zusammengemischt wurden wie Flüssigkeiten, deren Geschmack uns erinnert an Getränkemarken aus dem Jahre Schnee.


## MILIEU

Im Gegensatz zur Verteilung von Texten auf einander folgende Seiten wäre ein Buch wie dieses hier idealerweise als mehrdimensionales Netzwerk darzustellen, als eine Wolke aus unterschiedlichen Mikrogeschichten, alles da in quirliger Gleichzeitigkeit, ein Mix aus Fragmenten, Gedanken, Fundstücken, Jargons, Rhythmen, gefundenen, verdrehten und erfundenen Textmolekülen, Spielereien, Surrealitäten, Spintisierereien und sprachlichen Intensitäten, die auftauchen, zirkulieren und sich wieder verlieren wie ein Traum im Schlaf. Schreiben ist das Zusammengesetzte, das Zurücklassen jeden Ursprungs, bringt das Unterschlagene zur Sprache, lässt fortwährend Bilder und Stories entstehen, aber nur, um ihnen Gelegenheit zu geben, sich wieder aufzulösen.

## VERDREHEN

Vermeiden und verstärken. Einige meinten, zwischen diesen beiden Begriffen spiele sich die Welt ab. Andere sagten: Sorry, wir sehen hier nur: verstehen und verdrehen.

## KEIN FENSTER

Neben mir war ein Fenster.
Als ich mich ihm zuwandte,
Um hinauszusehen,
War da nur die Wand.
Zu viel erwartet.

## TEGLISCH KURNOVIL

Können wir deinen Unersättzlischkeiztrieb (Reizabrieb) ersetzen mit künztlischa Marmelade, künstlerischer Pomade auf deinem Kopf. Pomarmelade. Der Satz brennt ein Loch in deinen Kopf. Ein Insekt fliegt in das Loch hinein. Immer hungrig. Unechte Ausscheidung. Kamuflaschinsektendreck klebt innen an deinem Gehirn. Ein Hund riecht daran, komm, würde er sagen, wenn er sprechen könnte, riech mal. Und was ist nun mit uns, die reden können? Wir sind Verschwendung. Jeden Tag. Teglisch. Karneval. Kurnovil. Feuerwerke, Zuckerberge, wir reisen jede Sekunde in die Zukunft. Nichtgenugkriegenkönner. Und falls kaputt, werden wir repariert, optimiert, bereitgestellt, bloßgestellt, viele haben sich totgestellt, die Totstellermentalität boomt, andere sagen: wir haben keine Zeit für diesen Unsinn, wir warten auf bessere Zeiten, sind doch immer noch bessere Zeiten gekommen, erinnert ihr euch? Und beobachten, wie der Staub der Zeit auf sie niedergeht. Oh August mit dem Staubsauger, saug den Staub weg, kein Staub soll auf den Sätzen liegenbleiben, den gesagten, zersägten.

## DRANG DES DRECKS (BESCHRIEBENES PAPIER)

Jetzt haben wir diesen Dreck hier. Innen und außen eine Halde voll. Informationsdreck, Emotionsdreck, Globaldreck, Lokaldreck, Gelddreck, Zeitdreck, den ganzen Dreck, der sich anhäuft durch das, was einfach nur passiert. Obwohl es so aussah, als hätte nie jemand etwas vorgehabt, als hätte nie jemand Stress gemacht, als hätte nie jemand übertrieben oder sich verirrt, als wäre nie jemand aggressiv geworden oder beleidigend oder sonst in irgendeiner Form unangenehm aufgefallen, als wäre nie etwas Außergewöhnliches geschehen, schon lange nicht, war dieser Dreck trotzdem überall, auf dieser und auf der gegenüberliegenden Seite, vor uns und neben uns und hätten wir ihn auch gern hinter uns gebracht, den Dreck, wer will ihn denn nicht am liebsten hinter sich gebracht haben, den Dreck, wer nicht, wir nicht, wir können den Dreck nicht hinter uns bringen, denn kaum haben wir den Dreck hinter uns gebracht, steht schon wieder neuer Dreck vor uns, kaum sind wir den Schotterberg einige Meter hochgegangen, sind wir auch schon wieder einige Meter den Schotterberg hinuntergerutscht, drei Meter hoch, drei Meter runter, vier Zentimeter tief hat sich ein Schottersteinchen ins Fleisch gegraben, und auch wenn sie keiner sieht, ich kann die Wunde spüren, ich kann spüren, wie der Dreck in die Wunde eindringt, wie er sich, nachdem er über die offene Wunde in den Körper eingedrungen ist, im ganzen Körper breitmacht. Die Medikamente, die wir genommen haben, um uns gegen den Dreck zu schützen, sind alle so wirkungslos, der Drang des Drecks, sich auszubreiten, ist stärker, die Medikamente und ihre Wirksamkeit sind am Ende, die Medikamente sind am Ende der letzte Dreck, den sie in uns hineinstecken, bevor sie uns wegwerfen und wir verschimmeln wie beschriebenes Papier.

## SCHLEIMHAUTVERKAUF (UNBESCHRIEBENES PAPIER)

Das Gesagte verschenkt, das Erlebte vertrödelt, die Zeit genauso, gelegentlich mit Touristen gesprochen: Interessiert euch das? Ich weiß doch nicht, ob euch das interessiert. Ihr interessiert mich doch auch nicht. Für irgendetwas interessieren sich doch alle, oft ist es das, was sie nicht kennen. Zwischen sich kennen und verpennen hören wir einer unabschaltbaren Stimme zu, die uns die alberne Geschichte dieses sogenannten herrlichen Landkreises erzählt, in dem wir uns hier befinden, mit den Namen längst verstorbener aristokratischer Autokraten werden unsere Gehirne zugemüllt, die Öffnungen unserer Körper sind verschmiert mit dem Schleim dessen, was hier seit fünf Generationen als historische Information bezeichnet wird. Abgestoßen davon widmen wir uns lieber wieder der hingebungsvollen Betrachtung des eigenen Tuns, hoffentlich finden sich welche, die es uns abkaufen, obwohl wir ihnen nur einen minimalen Einblick in das Innerste unserer kleinsten Körperöffnungen gestatten, ausgekleidet mit zarten Oberflächen aus hochsensiblem Material, Schleimhäute, wie geschaffen für die feinfühligsten Empfindungen, eine kleine Empfindung für 10 Dollar, eine große für 100. Wollen Sie eine haben? Können Sie! Und falls Sie das 1000-Dollar-Gefühl haben wollen, das haben wir im Angebot, heute für 990, mit Haltbarkeitsgarantie. Je näher Sie uns kommen, umso deutlicher werden Sie diese Empfindungen nachvollziehen können, wir empfinden für Sie, Sie empfinden nach, vor Verzückung verfielen viele in eine Wiederholung der Empfindung, in mentale

Monotonie, die anschwoll zu transkontinentaler Melancholie, aber alles nicht so schlimm, weiterhin erschienen alle Empfindungen leicht wie unbeschriebenes Papier. Es gab ja auch nur noch unbeschriebenes Papier, das Beschreiben von Papier war im Lauf der Nullerjahre aus der Mode gekommen, 700 Jahre Papierbeschreiben waren genug. Als eine durchtrainierte Stimme sie fragte, ob sie glücklich wären, begannen sie zu lachen, so wie Leute, die während eines Abendessens lachen, so ein Zwischendurchlachen. Nach dem Grund ihres Lachens gefragt, schwiegen sie oder sagten Sachen, die von ähnlicher Relevanz waren wie Vermisstenanzeigen von Menschen, die nie verschwunden waren. Sie ließen ihre durchnässten Gedanken eine Stunde lang in der rötlichen Wärme der Infrarotsonne trocknen. Nachdem diese dann aber immer noch feucht waren, wurden sie schließlich weggeschmissen und sanken hinab zu den Algen, die im trüben Gewässer nach den Vorgaben der Wellen hin- und herwiegten, und als es hieß: das ist ja immer dasselbe, kam die Antwort: Mit dem Unterschied, dass jetzt alles kaputt ist, egal, ob erste, zweite oder dritte Klasse, die Zugehörigkeit ist dem Register zu entnehmen, alle sind registriert. Die, die denken, sie wären nicht dabei, sind auch dabei. Alle sind dabei. Nur die, die nicht existieren, sind nicht dabei. Und wer kann das schon von sich behaupten?

## ELF

Das Herbstlaub ist orange wie eine Polyesterjacke aus den frühen Neunzigern, die von draußen einlangenden Allerweltssignale können nicht verhindern, dass die Grauheit der Tage die Stimmung blass macht, blass wie den Mittagsnebel, der Sonnen und Strahlen abwehrt ohne Auftrag, dieser graue Deckel über uns, das alles zudeckende Ergebnis der Abkühlung der Feuchtigkeit, die große, trübe Fläche, unter der wir uns mithilfe unserer Null Komma Null Eins Quadratmeter großen Displays in Gegenden flüchten, in denen zur selben Zeit Sommer ist, oh du ferne Weite, ich bleibe dir so ferne, komme dir nicht nahe, doch die anderen kommen mir immer näher, rücken zusammen in Innenräumen, draußen hat der eisige Wind begonnen, alle nach innen zu treiben und so innig es innen auch sein mag, es stellt sich trotzdem die dringende Frage, wo nur die Weite hernehmen, welche Form von Weite passt hier hinein, wo sich alles drängt im kleinen Kreis, in dem wir dahintrotten wie angebundene Nutztiere, während ein scharfer Luftzug das Laub vor der Tür zum Rascheln bringt. Kleine Kinder, wohlig in Textil verpackt, springen über den Gehsteig und denken dabei nur an die kommende Sekunde, der Rest sagt ihnen nichts. Sie sehen keine Zukunft vor sich außer den nächsten Augenblick und erinnern sich nicht mehr daran, dass die Steinmauer, auf der sie herumtollen, zwei Monate zuvor noch aufgeladen war von der Wärme des zu Ende gegangenen Tages, aber nun keine Spur mehr von den hohen Temperaturen, alles kalt, grau und finster, die Kinder lachen, die Erwachsenen haben keine Ahnung worüber, der Himmel ist hart wie die Steinmauer und grau wie das Haus, dessen Fenster schon erleuchtet sind, schon um vier am Nachmittag ist es nicht mehr möglich, ohne Beleuchtung einen Text in einem Buch aus Papier zu lesen, weil es bereits so dämmrig ist. Den Kindern ist es egal, sie hören davon nur in den Gesprächen der Erwachsenen, die schon wieder vom Sommer auf der anderen Seite des Planeten sprechen wie von einer hochgeschätzten, für längere Zeit verreisten Freundin, und während sich der Abend nun vollends über die Stadt ausbreitet und die Straßenlaternen sich angestrengt gegen die überhandnehmende Dunkelheit wehren, sucht die kalte Feuchtigkeit nach Lebewesen, die sie benetzen kann und die wenigen, die sie findet, versuchen so gut es geht davonzukommen. Es gibt so viel anderes, mit dem sie sich lieber beschäftigen als mit dieser trüben, gefräßigen Kälte, die uns so gern mit Haut und Haar verschlungen hätte. Bis es aber tatsächlich so weit kam, vergingen noch Jahrzehnte.

## DIE FLACHE SEITE DER MOBILTELEFONE

In echt war alles viel kleiner. Wir überlegten. Abstraktion oder doch essen und trinken. Auch die große Kontemplationskraft des indischen Meisters konnte sein Werk nicht davor bewahren, in den dominanten Scheinwerfer des westlich geprägten Kunstmarkts gestellt und damit erheblich entfremdet zu werden. Die unterschiedlichen Fahrverhalten der Autolenkerinnen aus aller Welt innerhalb eines Straßenblocks. Autos nervten. Weltweit. Ungefähr genauso wie der abgrundtiefe Mief der deutschsprachigen Nachkriegskultur. Die Discokugeln waren noch nicht aufgehängt worden. Das nouveau Niveau konnte nicht gehalten werden. Beschienen vom Licht der Displays ihrer kleinen, mobilen Geräte waren ihre Visagen genau auf diese gerichtet. Auf die flache Seite der Mobiltelefone. Lasst uns tauschen, rief jemand. Meinte Texte. Tippte einige davon mit unfassbar hoher Geschwindigkeit in sein Gerät. Von Minute zu Minute wurde das öffentliche Fahrzeug voller. An der Endstation stiegen alle aus. Dort, wo die Türme standen, deren Errichtung von denjenigen in Auftrag gegeben wurde, die am rücksichtslosesten ihren Drang nach oben durchzusetzen gewusst hatten, währenddessen der Umgang der Präsidentin mit der Guerilla glücklos verlief, jemand nannte es: Antihappy. Ein vertriebener Vertrauter meinte: Vertreten sie sich hier nur die Füße oder vertreten sie hier auch eine Meinung? Ein Lastwagen fuhr vorbei, ohne auf sie zu achten. Und wer wollte dabei noch an die Kriege in der Levante denken? Der Portier in der Parkgarage dachte an die Schmerzen in seinem linken Knie und nicht mehr daran, dass er ab sofort nicht mehr an die Schmerzen in seinem Magen denken musste, die ihn am Nachmittag noch so intensiv beschäftigt hatten. Inzwischen war das Catering eingetroffen. Teller, Besteck, Servietten, Töpfe. Im Halbdunkeln sah er etwas um die Ecke huschen. Fühlte sich aber nicht veranlasst, in irgendeiner Form aktiv zu werden, sondern las weiter in einem leicht verkäuflichen Knalltextprodukt, das er sich vor einer Stunde gekauft hatte. Komplett Wyoming. Toter Pick-up-Fahrer aus lebendem

Zaun gepickt. Früher hieß das Gemälde. Heute: Sekunden-sensation. Wer wollte das? Sie nicht. Sie aß Mohrrüben. More Rüben. Die Symbole an den Hosen und Shirts such-ten nach Augen, die ihnen Bedeutung zukommen lassen hätten können. Wo bleibst du, Response? Essen wurde ge-bracht, abgenagtes Saatgut weggeschafft. Ab in die Tonne. Someone like Carl begann zu sprechen. Von den stabilitäts-bildenden Qualitäten der Sicherheitsmaßnahmen. Sie müs-sen deswegen aber nicht gleich zum Reihenhaus werden, sie wissen schon, kein Land, keine Stadt blieb ohne Bauskandal, die menschliche Existenz als Netzwerk problematischer Dar-bietungen empfindend sagte der Angepisste: Nicht jeder be-kommt eine zweite Chance, nicht jeder kann so lange auf das Desaster starren, bis der Ruhezustand eintritt, mit den Be-stechungsgeldern können sie locker die Restaurantrechnun-gen der nächsten hundert Jahre bezahlen. Das rhythmische Tocken der vorbeifahrenden U-Bahn-Garnituren bildete ein stabiles akustisches Muster, die Sprachmuster hingegen bra-chen laufend zusammen. Nichts blieb liegen, alles wurde mitgenommen. Sie sahen mitgenommen aus. Gleich ging die Beschwerde los: Jetzt möchte ich aber schon mal genau wissen, was da. Doch das Gefühl für die seit dem Start ver-gangene Zeit war verlorengegangen. Zu viel Cognac. Alle mussten sich ähnlich verhalten, sonst wäre es richtig eng ge-worden. Irgendwer hatte Tinte vergossen, riech mal, diese alles überschwemmende Tinte. Und dann auch noch diese Zufälle, nämlich dass zum Beispiel die Cognacmarke den-selben Namen trug wie der Schriftsteller, dessen Buch sie vor 2 Tagen nach 30 Seiten zu lesen aufgehört hatte. Zu verkatert. Genau an dieser Stelle aber sagte ein schon seit langer Zeit nicht mehr abfotografierter Subkommandant: Uns statt ich! Daraufhin eine verbitterte Stimme aus einem ziemlich übersäuerten Körper: Ich kann dich nicht verstehen! Mit diesem verzweifelten Tonfall aus den 10er Jahren. Wir aber mussten auf unseren Plätzen sitzenbleiben. Alle Klos waren besetzt.

## B WIE SIEB

Die Kekse mit der Haselnusscremefüllung sahen in echt genauso aus wie auf dem Foto, das für immer auf der Verpackung ihrer selbst abgebildet war. Am Himmel darüber zwei Wolken mit völlig gleicher Form. Oder sahen wir dieselbe Wolke doppelt? Unsere Schatten konnten ohne weiteres auch die Schatten von anderen sein, Schatten haben ganz eigene Ansichten, Sterne dagegen hinterlassen keine Schatten, zu weit weg. So wenig von dem, was wir sehen können, ist für uns erreichbar. Denk doch nur mal an die Dinge auf dem Monitor vor dir. Solange die Sterne bleiben, wo sie sind, können wir davon träumen, wie es wäre, auf ihnen herumzulaufen. Sehnsucht ist eine unregelmäßig spürbar werdende Lieblingsempfindung, hilfreich, um nicht vorzeitig von der Verzweiflung verschlungen zu werden, die vor einigen Jahren entstanden war, weil die Planung der Details des neuen Kastens im Zimmer des Gastes unsere letzten Kapazitäten verschlungen hatte. Zu viele Schrauben. Deshalb versteckten wir uns im Kasten, bis heute. Die Kinder des Gastes waren in der Zwischenzeit aber dermaßen alt geworden, dass sie sich auf keinerlei Ungewissheiten mehr einlassen wollten und lieber gleich ein Hotel buchten, in dem Zahlen in weißer Farbe auf einer weißen Wand die Preise anzeigten. Davor standen Regale mit Prospekten über die Attraktionen in der Umgebung, sonst alles ruhig. Ein einziger Ton hätte genügt, um das gesamte Ambiente entgleisen zu lassen, ein einziger Ton hätte zu einem Hörsturz führen können, einem Stilsturz, einem Zusammenbruch des Gebäudes, das, nachdem sämtliche Gäste abgereist waren, einsam und verlassen dastand. Auch ein Gebäude will manchmal seine Ruhe haben, dauernd diese Leute, das hält ja kein Haus aus. Als alle weg waren, blieb nur noch das Rauschen der Stadt übrig, der urbane Grundton, zahllose Ereignisse aufgelöst in einem summenden Brummen. Das Gemurmel von Stimmen, die Abrollgeräusche verschiedener Fahrzeuge auf unterschiedlichen Fahrbahnbelägen, das Surren von Heizungen und Maschinen, die akustischen Spuren der Bewegungen von Menschen, Tieren und Dingen, das Atmen des Kanals und das Rauschen des Flusses, das Klickern der Rolltreppen, das Piepsen diverser Alarmanlagen, Wecker und anderer Geräte und das Schlackern von Ohren, deren Läppchen inzwischen auf fünf Zentimeter verlängert worden waren. Es war Mode geworden, sich die Ohrläppchen mit Silikon vergrößern zu lassen und sich unter jedem Auge einen horizontal verlaufenden Streifen zu tätowieren, die Rückkehr ritueller Symbole im Zeitalter zunehmender Virtualisierung, ging alles genauso leicht über die Bühne wie die jahrtausendealte Angst vor dem Weltuntergang, immer schon dachten sie, und jetzt ist es aber wirklich soweit und genau jetzt, da die Welt auf einen Themenpark namens Erde, wo von überall aus Einblick in jede beliebige Ecke genommen werden kann, zusammengeschrumpft war, hätte es eigentlich einfacher als je zuvor sein können, rettend einzugreifen, wenn da nicht immer diese Rüpel gewesen wären, die mit ihren lebensgefährlichen Wettrennen sich selbst und alle anderen in den Abgrund rissen. Und auch in diesem Fall zeigte das Bild auf der Verpackung wieder mal ein Foto dessen, was in der Verpackung enthalten war. Die frappante Ähnlichkeit von Verpackung und Inhalt führte dazu, dass manchmal statt des Inhalts die Verpackung gegessen wurde. Dahinkauend an nicht realisierbaren Vorstellungen, die wir von Glück, Sehnsucht oder Liebe hatten, nahmen wir mit den Troubles vorlieb, die uns in Gang hielten auf unserer lebenslangen Dauerbaustelle, von der aus wir mithilfe kleiner rechteckiger Plastikkarten begehrenswerte Objekte bestellten, die in rechteckigen Schachteln geliefert wurden und immer wieder waren wir neugierig darauf, wie es sich anfühlte, wenn wir das neu Gekaufte zum ersten Mal in Händen hielten, kurzes warmes Glücksgefühl, augenblicklich wieder kühl, die Augen waren auf scharf gestellt, die Genüsse der Berührung hatten gegenüber den Reizen des Visuellen im Lauf des letzten Jahrhunderts den Kürzeren gezogen, Preise und Qualität von Hautcremes hingegen waren im selben Zeitraum enorm gestiegen, selber Zusammenhang, gleiche Gesellschaft, anschwellendes Infoinferno, Filter hilf. Das Sieb kam zum Einsatz, danke Sieb, das Sieb aber wurde verkehrt herum gehalten, b wie Sieb, half nicht, der ganze Quatsch überschwemmte uns, die lückenhaften Erklärungen, die phrasenhaften Verklärungen, was für eine Lawine, und dabei hätten wir doch nur das Sieb richtig halten müssen, es hätte so einfach sein können. Aber wir fanden den Weg zum Einfachen nicht, zu kompliziert. Wir hörten, was gesagt wurde, zum Beispiel: Warum hast du das gemacht? Eine Frage, auf die zweihundert Antworten möglich waren und jede war richtig, doch die Reaktionen auf das Gesagte ließen zu wünschen übrig, selten gab es Einverständnis, kaum ein Lachen, Humor war ein Fremder in gepanzerten Staaten, deren Flaggen Verteidigungsbereitschaft signalisierten. Hinter den vergitterten Fassaden der Nahversorger verschimmelte der Überschuss, während die Vorbeifahrenden nur Augen für die sich ständig ändernden Geschwindigkeitsvorschriften hatten, deren Einhaltung Unmengen an Energie verbrauchte, worüber sich diejenigen amüsierten, die nie das Gefühl hatten, ihnen würde etwas fehlen. Mir hingegen fehlt dauernd etwas. Und das, was mir fehlt, das Fehlende, das mich quält, es wird mir permanent von mir selbst unterstellt. Wenn wir auch immer wieder eine Neigung zum Wanken zeigen, so werden wir doch vor dem Umfallen bewahrt, weil wir versorgt werden wie Katzen, die mit Katzenfutter versorgt werden.

## GROBHEIT DER GEWOHNHEIT

Zoom auf den Augenblick, Ansicht desselben unter geänderten Lichtverhältnissen, niemand kam zu Hilfe, um das Sichtbarmachen der Details, die unter den neuen Bedingungen zum Vorschein kamen, zu unterstützen, niemand war erreichbar, nur einer, und von dem hieß es, er wäre froh, wenn niemand auf ihn hören würde, vielleicht meinte er auch das Gegenteil, nämlich, dass er lieber von niemandem hören würde, und während wir ratlos waren, da wir keine Idee hatten, was wir in der neuen Situation machen sollten, tauchte der Gedanke auf, ob dieser Moment nicht genau derjenige sein könnte, den wir uns zu anderen Zeitpunkten herbeigewünscht hatten, und zwar in jenen Momenten, in denen wir genau wussten, was zu tun war, in denen aber etwas fehlte, nämlich das Diffuse, das sich nur unter ganz speziellen Bedingungen bildete, Stimmung, Geräusche, Tagesverlauf, winzige Faktoren waren es, die den Angesprochenen zu der Auffassung führten, dass es besser wäre, wenn niemand auf ihn hören würde, wo doch so viele jemanden suchten, auf den zu hören sich ihrer Ansicht nach lohnen würde, etwas Herausragendes war gefragt, etwas Besonderes, wenn auch das Herausragende suspekt war, es gab schon so viel davon, es war überall und verklebte die Aussicht, motivierte alle, nach ihm zu streben, das Herausragende war eine Plage, begehrt und bewundert, sowohl die Abgehängten und die Erniedrigten als auch die Motivierten und die Weltmeisterinnen, sie alle strebten nach dem Herausragenden, herausragend sein war die Devise, sei es für Häuser, Schauspielerinnen, Autos, Kinder, Sportler und Galeristinnen und selbst diejenigen, die froh waren, dass niemand auf sie hörte, hatten insgeheim eine Sehnsucht nach dem Herausragenden, und bezog sich das Herausragende auch nur auf ihren Schreibtisch, ihre Schuhe, irgendwelche Bekannte oder auf die Geschwindigkeit, mit der sie etwas Neues erfuhren, der Gedanke an das Herausragende war da, genauso da wie alles, was nicht herausragend war, die Ritzen des Sofas, die Fußmatte, der Zettel, die Langeweile, das Fünfzigste vom Hundertsten, das Irgendwas vom Wasserglas, alles da, aber irgendwann, als der Drang nach dem Herausragenden keinen Sinn mehr ergeben wollte und der Unterschied zwischen dem, was herausragend war und dem, was nicht herausragend war, verlorengegangen war, kam große Erleichterung darüber auf, dass das eine keine größere Bedeutung mehr hatte als das andere und vielleicht sollten wir an dieser Stelle nicht erwähnen, dass dieser besondere Moment von manchen schon wieder als herausragend bezeichnet worden ist, währenddessen an anderer Stelle, aber keineswegs mit geringerer Heftigkeit, etwas anderes zu einem immer schwerwiegenderen Problem geworden war, nämlich die von vielen auf unterschiedliche Weise, aber in ähnlich heftiger Intensität spürbar werdende Distanz und dabei besteht doch das Universum nur aus Distanzen, die Entfernung kommt vorbei auf Knopfdruck, was nicht auf Knopfdruck kommt, kannst du wegschmeißen, also schmeiß mich weg und sieh zu, wie mich die Flut aufs offene Meer hinauszieht, während die Jahre vergehen wie Verbrechen ohne Konsequenzen, kein Einspruch erfolgt gegen die großflächigen Zerstörungen, wir haben sie gar nicht bemerkt, haben uns in großer Distanz zu den Problemzonen aufgehalten, waren so weit von ihnen entfernt, dass wir den Eindruck aufrechterhalten konnten, dass erst dann, wenn uns selbst etwas zustößt, wirklich etwas Gravierendes passiert ist, seit ewigen Zeiten folgt die Verantwortlichkeit dem Leitstern Selbstbezogenheit, so die Tochter des Infostandes, eng umschlungen mit der Nichte des Imbissstandes, beide unklar darüber, wer von ihnen denn nun dem Desaster näher war, sie oder sie, die Zähigkeit, die sie als Stützen des Alltags zu beweisen hatten, war enorm, reißfest wie die Fäden von Spinnen, die zu Herbstbeginn in die Häuser kamen ohne Anmeldung, obwohl Türen und Fenster verschlossen waren und mit sich selbst sprachen Ansässige, als ob sie unter sich wären, der Klang der Grobheit der Gewohnheit, das Ertragen des Üblichen, Klebstoff für die Übertragung der Gewissheit, wir wollen nicht immer daran erinnert werden, was die Dächer von den Spatzen pfeifen, Kitsch oder Naturwissenschaft, welche der höheren Mächte ist es, die uns dazu bringt, Bankkontakte und Sozialkontakte gerecht aufzuteilen zwischen Banken und Menschen, in den Banken sind ja keine Menschen mehr, die Zahlentürme haben Milliardenmeterhöhe erreicht, und ganz oben an der Spitze, dort, wohin alles gedrängt hat, dort kann niemand mehr atmen, weil es dort keine Atemluft mehr gibt, dort, wo das höchste Ziel vermutet wurde, herrschen unmenschliche Bedingungen und ein sanfter Wind weht all die Worte, die nicht ausgesprochen worden sind, um die Ecke, leise ziehen sie ungehört an denen vorbei, die nichts davon wissen, die es gar nicht für möglich halten, dass der Wind ungesagte Worte durch die Luft tragen kann.

## LÖSUNGSMITTEL

Zahlen- und Buchstabenkombinationen konnten Links sein, die uns in grenzenlose Infozonen zu führen vermochten, und dabei waren sie doch nichts anderes als wegwischbare Zeichen, aus lange zurückliegenden Auseinandersetzungen hervorgegangene Abmachungen, einfach zu entfernen und doch immer wieder zum Vorschein kommend, hartnäckig, von weitem hörbar, als ob sie für alle gelten könnten, wo es doch so viele gibt, die sich von den öffentlichen Verlautbarungen abwendeten, nicht aus Protest, sondern weil ihnen der Charakter der Laute, aus denen später die Zeichen geworden sind, suspekt war, die kollektiven Vereinbarungen waren für viele oft nicht verständlich, es war eine Eigenschaft der Vielheit, dass sie vielen nicht nahekam, viele fühlten sich fremd inmitten der Menge, waren mit ihren Gedanken ganz weit weg, ihre Körper waren anwesend wie die aller anderen auch, ihre Gedanken aber hatten längst die Flucht ergriffen, alle, die da sind, sind zugleich auch die, die verschwinden wollen, ein Leben zu haben heißt auch, den Drang zu haben, dem Leben zu entwischen, denn egal, wie die Welt sich anfühlen mag, ihr zu entkommen war oft die einzige Rettung und auf die eine oder andere Art und Weise schaffen wir es immer wieder, uns zu entfernen, Drogen, Reisen, Träume, Literatur, Musik, Sex, Kunst, Geheimnisse, Langeweile, Verweigerung, Computerspiele, Sehnsüchte, es gab so viele unterschiedliche Wege, abzutauchen, dorthin, wo diejenigen nicht waren, die sonst immer da waren, wo sich aber die Gelegenheit bot, mit neu Dazukommenden zu sprechen, wo sich ein intensiver Austausch zwischen geflohenen Gedanken entwickeln konnte, die wie Fledermäuse in großen Schwärmen über denen schwebten, die kein abgeschlossenes Vokabular hatten, aber klare Vorstellungen und unbegrenzte Mittel, sich zu formulieren, die anwesend waren auf ihre eigene, unfassbare Weise, wie Geister, die den Boden der sichtbaren Welt nur leicht berührten, gerade so viel, dass klar war, dass es eine Welt gab, eine Welt, in der die Unsichtbaren unsichtbar waren und die Sichtbaren verunsichert, denn weder wussten sie, wer da war und wer nicht, ob sie beobachtet wurden oder es sich nur einbildeten, ob es in der Früh war oder in der Nacht, ob wir schweigen oder reden und zuhören oder dem Gesagten den Inhalt entziehen und nur dem Sound des Gesprochenen lauschen und dem verschwundenen Inhalt nachgehen wie dem Verschwinden an sich, im selben Moment, in dem du du gesagt hast, hast du ich gedacht, im selben Moment, in dem du viel gemacht hast, hast du nichts gemacht, auf der Suche nach den Abwesenden hörten wir den Sprechenden zu wie die Bits den Bots, wie der Witz dem Rotz, und hörten dabei die Musik, die entsteht, wenn wir den Inhalt der Worte hinter uns lassen, und erinnere dich, früher kamen sie von Oberwelt über Unterwelt bis Gegenwelt, heute fragen sie nach dem Ticktack der letzten Neuigkeit, dem Pingpong zwischen außen und innen und die Kinder verließen die Paare in den Parks und lachten über deren unbändigen Drang zur Vereinigung, über die Unvereinbarkeit ihrer Ansichten und dabei meinten sie doch dasselbe, dasselbe, das du meintest, ist deins und nicht meins, vor Stunden sah ich das Bild, das du von mir hattest, erkannte mich anfänglich aber nicht wieder, denn dein Bild von mir war mir fremd, aber mir war bewusst, dass es sich um mich handeln musste, da das Bild von dir stammte und du doch Bescheid über mich wusstest, aber ganz anders als ich erwartet hatte, und so saßen wir zusammen vor den alten Leinwänden, auf denen die Farbe längst eingetrocknet war, die alte Farbe, die wir mit Lösungsmitteln wieder verflüssigten als wäre es Speichel, den wir uns gegenseitig in den Mund träufelten, Speicheltropfen fielen auf den Sand und bildeten kleine Kügelchen, das Flüssige klebt das Trockene zusammen, das Verdrängte sieht aus wie ein Blumenstrauß, gepflückt im hellsten Sonnenschein und abhängig von der Lichtstärke stritten wir voreinander die gegenseitigen Zuschreibungen ab und dabei hast du mich vor fünfzehn Jahren angesehen als ob es gestern gewesen wäre und noch immer tragen wir unfertige Bilder in blickdichten Rucksäcken mit uns und weil die Farbe mittlerweile schon zum wiederholten Mal eingetrocknet ist, halten wir weiterhin verschiedene Lösungsmittel bereit, Wasser, Spucke, Worte, Küsse, zum Aufweichen der Positionen angesichts der Kanten in den Gesprächen, der Kerben in den Biografien, der Kurven, in denen die jeweiligen Ansichten verlaufen.

## ANZIEHUNGSKRÄFTE

Zähne aus dem Paläozoikum stecken in meinem Rücken und tauschen sich aus mit Pseudogenen in meinen Erbanlagen, die Rettung rettet, was zu retten ist und wir beobachten, wie sich eine Schlange an Rettungen bildet, die uns, wenn wir ihr bis zu ihrem Ende folgen, dorthin führt, wo nach dem füttert kein e mehr kommt, das e, das aus dem Gegenwärtigen Vergangenes macht, das nicht füttert, sondern fütterte, ganz beiläufig hinten angeklebt verleiht das kleine e dem Text, der vom Vergangenen handelt, einen enormen e-Überschuss, im Gegensatz zur Elastizität des Textes, der in der Gegenwart spielt, wirken all die es, die das Präteritum mit sich bringt, wie ein schematisches Bindemittel, e und e und e, aber auch sie werden es drüben in Amerika Nord noch zu etwas bringen, so wie die anderen Buchstaben auch, Hauptsache Sprache, Hauptsache Money, jeder Buchstabe ist ein Vermögen wert, er muss nur zum richtigen Zeitpunkt an die richtige Stelle gebracht werden, aber entweder ist der Zeitpunkt falsch oder der Ort oder der Betrachtungswinkel, irgendein Umstand ist immer dabei, der unsere Geschäfte zunichtemacht, aber nie aufgeben, sagen sie in Amerika Nord, nur nicht entmutigen lassen und unter diesem Motto wurde weitergemacht, bis die Luft nach Zimt geschmeckt hat, mit dem die Kekse bestreut worden sind, um feierlich das Fest der Familie zu feiern, endlich war die Familie wieder zusammengekommen, und wenn auch etliche Familienmitglieder die Katastrophe leugneten, auch wenn ihnen das Wasser schon bis zu den Kniekehlen stand, und obwohl manche

Familienmitglieder merkten, dass es inzwischen richtig gefährlich geworden war, persönlich und planetarisch, unterhielten sie sich doch angeregt miteinander, wenn auch das ständige Aufkommen unterschiedlicher Meinungen den harmonischen Ablauf des Abends beeinträchtigte, der Alkohol weniger zur Entspannung, sondern vielmehr zum Aufheizen der Stimmung führte, so war es in Familien, immer fühlten sich welche missachtet, andere unverstanden, andere überhört und es war nicht möglich, herauszufinden, wer hier für das Ungleichgewicht verantwortlich war, alle hatten jemand anderen als sich selbst im Verdacht, in diesen mentalen Angelegenheiten war es schwierig, den Durchblick zu finden, die Wirkung der über Generationen verschwiegenen Konflikte wurde deutlich spürbar, mit Worten schwindelte sich die Familie darüber hinweg, es wurde geredet und geredet und in den Mägen und Rücken verspannten sich winzige Muskeln und riefen Schmerzen hervor, die erst durch wiederholtes Erzählen wieder gelindert werden konnten, die Sprache rann weiter, verflüssigte die Probleme, die sie mit sich transportierte wie die Meeresströmung das Plankton, in dem sich Partikel befanden, die oft aus großer Entfernung stammten, winzig wie Buchstaben, und wohin die Strömung das Plankton auch trieb, es entstand ein Sog und aus dem Sog wurde ein Song, die Wörter wurden Töne, die uns verrieten, was gemeint war, die Songs wurden mit anderen Songs gemischt, unbedeutende Einzelheiten führten dazu, dass Dinge, die sonst immer weit auseinander gelegen waren, ganz nah aneinander zu liegen kamen, Bilder, zwischen deren Entstehung oft Jahrzehnte lagen, ergaben übereinandergelegt ein völlig neues Bild, auf dem alles da war, die Konflikte, die übersehenen Dinge, Andeutungen des Bevorstehenden, plötzlich alles nebensächlich, denn die alleraktuellsten Headlines trafen uns wie Explosionskörper, täglich dringen Splitter von Informationen aus nicht verfolgbaren Quellen in uns ein, verletzen uns, die Wunden heilen schnell, die nächsten Splitter kommen schneller, an der Sprache können wir erkennen, aus welchem Eck sie kommen, und wenn auch versucht wird, die Absichten hinter dem Infowulst zu verschleiern, wenn auch durch die Dominanz in der Öffentlichkeit der Anschein erweckt werden soll, die Infowolke würde über uns schweben wie ein Naturphänomen, hilft nichts, wir können nur darüber lachen, denn alles, was uns geliefert wird, ist doch bloß Entertainment, und hey, da treffen wir uns ja auch schon, da geht es uns doch allen gleich, denn egal, was wir von uns geben, ob in Milliarden von kurzen Texten, in opulenten Reden, schön gestalteten Sendungen, kritischen Artikeln, Statements oder Essays, als Gruppe oder als Puppe, es wird Entertainment sein, die Wahrnehmung ist inzwischen gänzlich auf die Unterhaltungsfrequenz eingestellt, und die, die ertrinken werden, werden ertrinken zur Unterhaltung derer, die nicht ertrinken werden, verdursten detto, Untergang der Ozeane, Untergang des Zusammenlebens, kein Halt, kein Inhalt und es wäre doch das Mindeste gewesen, einfach nur das richtige Programm zu wählen, dachtest du, aber so einfach war das gar nicht, nichts war einfach, einfach dachten die einen nur über die anderen, über sich selbst nicht, über sich selbst denken alle kompliziert, auch eine Form von Entertainment, und dann, für

Sekunden sich selbst über das Rundherum erhebend, stürzt du in meteoritenhaft verglühender Glückseligkeit hinab auf die unruhige Welt und fragst dich, welches Programm soll ich wählen und welches nicht, und das wiederum könnte als Hinweis darauf gesehen werden, welche Teile deiner selbst du unverbraucht liegen gelassen hast, du hast das Signal zum Zugreifen überhört, konntest zum wiederholten Mal das Programm nicht wechseln, den Umschaltknopf nicht finden, er war wie die Hand vor dem Gesicht, die du im dichten Nebel nicht sehen konntest, so wie die Fernbedienung auf dem Tisch vor dir, der Zeigefinger an deiner Hand, die Hose an deinen Beinen, nicht mal die Kanüle in deinem Arm konntest du sehen, an der die Kabel hängen, durch die der ständig rauschende Infobach in deinen Körper geschleust wird, stark gefiltert kommen die Töne aus kleinen Lautsprechern, die uns mit Infogeräuschen berieseln, aus denen wir uns eine Meinung formen, die uns unverwechselbar macht wie Chris und Kris, und kaum hat sich der Klang dessen, was aus den Lautsprechern kommt, geändert, hat sich auch schon die Frage gestellt, ob nun vielleicht tatsächlich das Programm gewechselt wurde oder ob sich nur der Sound geändert hat, ein neues Design war aber kein neues Programm, so oft sich die Namen und Geschichten auch geändert haben, du bist doch immer im Flugzeug nach Washington gesessen oder im Zug nach Malmö und wenn du auch immer wieder überraschend an den unmöglichsten Stationen ausgestiegen und in einer Moorlandschaft verschwunden bist, es half alles nichts, eine Stunde später kam der nächste Zug, der Fahrplan wurde eingehalten, so wie die

Planeten ihre Umlaufbahnen einhalten jeden Tag, die Anziehungskräfte verhinderten das Auseinanderdriften, und obwohl wir uns ganz unterschiedlich fühlten, klebten wir zusammen wie Schokolade an heißen Tagen und fragten uns, was uns aus dem Gehege heben könnte.

VERBRECHER VERLAG

Markus Binder

**TEILZEITREVUE**

Broschur
232 Seiten
16 €

ISBN 978-3-95732-190-9

Dieses Buch widmet sich einem Paar und dessen Beobachtungen. Innerhalb von 36 Stunden fliegen die beiden eine Langstrecke, halten sich in einem Flughafen auf, fahren mit dem Zug in die nächste Stadt, ziehen in der Nacht durch die Klubs, erleben verschiedene Bands, streunen durch die Stadt, lieben sich und streiten. Schließlich landen sie in einem Kaufhaus.

Binder schreibt keinen klassischen Erzähltext. In Epiphanien und Dialogfetzen, in heftigen Zitaten und lustigen wie gesellschaftskritischen Reflexionen entsteht eine eigene Welt, in der egal ist, wer spricht, ob nun sie oder er oder eine Passantin oder eine Band. Zugleich bildet Markus Binder das Chaos ab, durch das wir moderne Menschen uns bewegen – mal verstört, mal begeistert.

»Ich habe es gelesen in der Badewanne, gestern, und es ist ein wirklicher Pageturner, ein Sog geht von diesem Buch aus, unglaublich. Mir ist das Buch ins Wasser gefallen, dann hab ich es rausgeholt und jede Seite einzeln getrocknet, weil es ist voll mit hervorragenden Sätzen, mit großartigen Wahrnehmungen der Welt.«
Christoph Grissemann in
*Willkommen Österreich* auf ORF1

Verbrecher Verlag  Gneisenaustraße 2a  10961 Berlin
www.verbrecherei.de  info@verbrecherei.de

VERBRECHER VERLAG

Markus Binder

# TESTSIEGERSTRASSE

*short +*
*very short stories*

144 Seiten
Broschur
13 €

ISBN 978-3-93584-343-0

Markus Binder schreibt kurze Betrachtungen, bietet Blitzlichter des Alltags, berichtet von einer Asienreise mit seiner Kultband Attwenger, findet Zitate, schaut einfach auf die Straße und präsentiert immer wieder einen Blick, den man nicht kannte. Dabei mischt sich Dialekt mit technisierter Sprache. »hätte heute vor 65 millionen jahren dieser meteorit die erde nicht getroffen, es gäbe menschen gar nicht, häuser, brücken, bikinis, und keinem würden wir fehlen oder habt ihr schon jemanden entdeckt, dem wir fehlen würden, raumsonden, ha, habt ihr.«

Verbrecher Verlag  Gneisenaustraße 2a 10961 Berlin
www.verbrecherei.de  info@verbrecherei.de